活得通透 总有欢喜

冯骥才, 何其芳等◎著

U0113941

四川文艺出版社

图书在版编目（CIP）数据

活得通透　总有欢喜 / 冯骥才等著 . -- 成都：四川文艺出版社，2024.1

ISBN 978-7-5411-6840-6

Ⅰ . ①活… Ⅱ . ①冯… Ⅲ . ①散文集－中国－现代②散文集－中国－当代 Ⅳ . ① I266

中国国家版本馆 CIP 数据核字（2023）第 230857 号

HUODETONGTOU　ZONGYOUHUANXI

活得通透　总有欢喜

冯骥才，何其芳等　著

出 品 人	谭清洁
策划编辑	孙晓萍
责任编辑	姚晓华
特约编辑	李　爽
内文设计	谢　博
封面设计	胡椒书衣
责任校对	段　敏
责任印制	孙文超

出版发行	四川文艺出版社（成都市锦江区三色路238号）
网　　址	www.scwys.com
电　　话	010-82372882（发行部）

印　　刷	凯德印刷（天津）有限公司		
成品尺寸	145mm×210mm	开　本	32开
印　　张	6.5	字　数	128千字
版　　次	2024年1月第1版	印　次	2024年1月第1次印刷
书　　号	ISBN 978-7-5411-6840-6		
定　　价	56.00元		

出版说明

"两岸猿声啼不住，轻舟已过万重山。"

人生在世，总觉得去日苦多，如果能够乐观地生活，通透地感悟，在生活带来惊喜时不过分张扬，在生活带来磨难时不过分伤感，就会发现生活中其实有很多值得欢喜的事情。

人生这道题，其实蛮难的，如果有前行者指引，或许可以事半功倍。有人说，作家是善于"感慨"的，他们总能在喧闹中获得安宁，在痛苦中寻找快乐，他们试图通透生活，向往一生平安喜乐。

本书收集了十余位活得通透的散文名家的著作，每一篇不仅文字优美、短小精悍，还暗藏作者的处世哲理。

本书对这些散文进行重新编排，分为六个部分："一个深奥而难解的谜""生活在生活之中""日子总在盼望中过去""人间久别不同悲""你志在于山，我钟情于水""回望时终有美好一隅"。作者包括胡适、梁遇春、李大钊、王统照、冯骥才、邓拓、老舍、郁达夫、林徽因、朱自清、李广田、鲁迅、鲁彦、戴望舒、陆蠡、黎烈文、何其芳、张恨水、徐志摩、郑振铎等20位散文大家。

本书将呈现作者们对人生各个方面的详细记录和深刻思考，跟随各位作者的文字，可以探索人生，追寻幸福，更能通过作者们的文字，学着关注生活中那些看似不起眼的事情，并从中获得真正的快乐。

在编排方面，本书增加了充满哲理和诗意的中国绘画，并搭配作者富有思考与思想的语句，赏美文，品名画，美美与共，感悟人生。

在文字方面，本书尽量尊重作者原作的语言风格习惯，保证文字的原汁原味；但由于篇幅所限，部分文章进行了节选，并加以标注。

书中还增加了一些编者注，以方便阅读，主要包括两方面：部分不常见、不常用的字词和英文；部分不同于现行标准的译名、诗句。

由于编者水平所限，如有错漏，敬请读者批评指正。

目 录
contents

壹 一个深奥而难解的谜

人生就算是做梦，也要做一个像样子的梦。不要丢掉这梦，要好好去做！即算是唱戏，也要好好去唱。

——胡适

人生问题

/

胡适

一九〇三年，我只有十二岁。那年十二月十七日，有美国的莱特弟兄做第一次飞机试验，用很简单的机器试验成功，因此美国定十二月十七日为飞行节。十二月十七日正是我的生日，我觉得我同飞行有前世因缘。我在前十多年，曾在广西飞行过十二天，那时我作了一首《飞行小赞》，这算是关于飞行的很早的一首词。诸位飞过大西洋、太平洋，我在民国三十年（1941年），在美国也飞过四万英里，这表示我同诸位不算很隔阂。

今天大家要我讲人生问题，这是诸位出的题目，我来交卷。

这是很大的问题，让我先下定义，但定义不是我的，而是思想界老前辈吴稚晖的。他说：人为万物之灵，怎么讲呢？第一，人能够用两只手做东西。第二，人的脑部比一切动物的都大，不但比哺乳动物大，并且比人的老祖宗猿猴的还要大。有这能做东西的两手和比一切动物都大的脑部，所以说人为万物之灵。

人生是什么？即是人在戏台上演戏，在唱戏。看戏有各种看法，即对人生的看法叫作人生观。但人生有什么意义呢？怎样算好戏？怎样算坏戏？我常想：人生意义就在我们怎样看人生。意义的大

人生是什么？即是人在戏台上演戏，在唱戏

小浅深，全在我们怎样去用两手和脑部。人生很短，上寿不过百年，完全可用手脑做事的时候，不过几十年。有人说，人生是梦，是很短的梦。有人说，人生不过是肥皂泡。其实，就是最悲观的说法，也证实我上面所说人生的有没有意义，全看我们对人生的看法。就算他是做梦吧，也要做一个热闹的、轰轰烈烈的好梦，不要做悲观的梦。既然辛辛苦苦地上台，就要好好地唱个好戏，唱个像样子的戏，不要跑龙套。

　　人生不是单独的，人是社会的动物，他能看见和想象他所看不到的东西，他有能看到上至数百万年下至子孙百代的能力。无论是过去、现在，或将来，人都逃不了人与人的关系。比如这一杯茶（讲演桌上放着一杯玻璃杯盛的茶）就包括多少人的贡献，这些人虽然看不见，但从种茶、挑选，用自来水，自来水又包括电力等等，这有多少人的贡献，这就可以看出社会的意义。我们的一举一动，也都有社会的意义，譬如我随便往地上吐口痰，经

壹　一个深奥而难解的谜

太阳晒干，风一吹起，如果我有痨病，风可以把病菌带给几个人到无数人。我今天讲的话，诸位也许有人不注意，也许有人认为没道理，也许说胡适之胡说，是瞎说八道，也许有人因我的话而去看看书，也许竟一生受此影响。一句话，一句格言，都能影响人。

我举一个极端的例子，两千五百年前，离尼泊尔不远地方，路上有一个乞丐死了，尸首正在腐烂。这时走来一位年轻的少爷叫 Gotama，后来就是释迦牟尼佛，这位少爷是生长于深宫中不知穷苦的，他一看到尸首，问这是什么？人说这是死。他说：噢！原来死是这样子，我们都不能不死吗？这位贵族少爷就回去想这问题，后来跑到森林中去想，想了几年，出来宣传他的学说，就是所谓佛学。这尸身腐烂一件事，就有这么大的影响。

飞机在莱特兄弟做试验时，是极简单的东西，经四十年的工夫，多少人的聪明才智，才发展到今天。我们的一举一动，一言一行，一点行为都可以有永远不能磨灭的影响。几年来的战争，都是由希特勒的一本《我的奋斗》闯的祸，这一本书害了多少人？反过来说，一句好话，也可以影响无数人，我讲一个故事：民国元年，有一个英国人到我们学堂讲话，讲的内容很荒谬，但他的"O"字的发音，同普通人不一样，是尖声的，这也影响到我的"O"字发音，许多我的学生又受到我的影响。在四十年前，有一天我到一外国人家去，出来时鞋带掉了，那外国人提醒了我，并告诉我系鞋带时，把结头底下转一弯就不会掉了，我记住了这句话，并又告诉许多人，如今这外国人是死了，但他这句话已发生不可磨灭的影响。总而言之，从顶小的事情到顶大的像政治、经济、宗教等等，我们的一举一动都有不可磨灭的影响，尽管看不见，影响还是有。

在孔夫子小时，有一位鲁国人说：人生有三不朽，即立德、立功、立言。立德就是最伟大的人格，像耶稣孔子等。立功就是对社会有贡献。立言包括思想和文学，最伟大的思想和文学都是不朽的。但我们不要把这句话看得贵族化，要看得平民化，比如皮鞋打结不散，吐痰，"O"的发音，都是不朽的。就是说：不但好的东西不朽，坏的东西也不朽，善不朽，恶亦不朽。一句好话可以影响无数人，一句坏话可以害死无数人。这就给我们一个人生标准，消极的我们不要害人，要懂得自己行为。积极的要使这社会增加一点好处，总要叫人家得我一点好处。

再回来说，人生就算是做梦，也要做一个像样子的梦。宋朝的政治家王安石有一首诗，题目是《梦》，说："知世如梦无所求，无所求心普空寂。还似梦中随梦境，成就河沙梦功德。"不要丢掉这梦，要好好去做！即算是唱戏，也要好好去唱。

人死观

/

梁遇春

　　恍惚前二三年有许多学者热烈地讨论人生观这个问题，后来忽然又都搁笔不说，大概是因为问题已经解决了罢！到底他们的判决词是怎么样，我当时也有些概念，可惜近来心中总是给一个莫明其妙不可思议的烦闷罩着，把学者们拼命争得的真理也忘记了。这么一来，我对于学者们只可面红耳热地认作不足教的蠢货；可是对于我自己也要找些安慰的话，使这彷徨无依黑云包着的空虚的心不至于再加些追悔的负担。人生观中间的一个重要问题不是人生的目的么？可是我们生下来并不是自己情愿的，或者还是万不得已的，所以小孩一落地免不了娇啼几下。既然不是出自我们自己意志要生下来的，我们又怎么能够知道人生的目的呢？湘鄂的土豪劣绅给人拿去游街，他自己是毫无目的，并且他也未必想去明白游街的意义。小河是不得不流自然而然地流着，它自身却什么意义都没有，虽然它也曾带瓣落花到汪洋无边的海里，也曾带爱人的眼泪到他的爱人的眼前。勃浪宁[①]把我们比作大匠轮上

[①] 勃浪宁：今译罗伯特·勃朗宁（Robert Browning，1812—1889），英国诗人、剧作家。——编者注

人生本无意义，让我们自己做些意义

滚成的花瓶。我客厅里有一个假康熙彩的大花瓶，我对它发呆地问它的意义几百回，它总是呆呆地站着，说不出一句话来。但是我却知道花瓶的目的同用处。人生的意义，或者只有上帝才晓得吧！还有些半疯不疯的哲学家高唱**"人生本无意义，让我们自己做些意义"**。梦是随人爱怎么做就怎么做的，不过我想梦最终脱不了是一个梦罢，黄粱不会老煮不熟的。

　　生不是由我们自己发动的，死却常常是我们自己去找的。自然在世界上多数人是"寿终正寝"的，可是自杀的也不少，或者是因为生活的压迫，也有是怕现在的快乐不能够继续下去而想借死来消灭将来的不幸，像一对夫妇感情极好却双双服毒同尽的（在嫖客娼妓中间更多），这些人都是以口问心，以心问口商量好去找死的。

所以死对他们是有意义的，而且他们是看出些死的意义的人。我们既然在人生观这个迷园里走了许久，何妨到人死观来瞧一瞧呢。可惜"君子见其生不忍见其死"，所以学者既不摇旗呐喊在前，高唱各种人死观的论调，青年们也无从追随奔走在后。"天下兴亡，匹夫有责"，因此我做这部人死观，无非出自抛砖引玉的野心，希望能够动学者的心，对人死观也在切实研究之后，下个放之四海而皆准的判断。

　　若使生同死是我们的父母——不，我们不这样说，我们要征服自然——若使生同死是我们的子女，那么死一定会努着嘴抱怨我们偏心，只知道"生"不管"死"，一心一意都花在生上面。真的，不止我们平常时都是想着生。Hazlitt① 死时候说："好吧！我有过快乐的一生。"（"Well，I've had a happy life."）他并没想死是怎么一回事。Charlotte Bronte② 临终时候还对她的丈夫说："呵，我现在是不会死的，我会不会吗？上帝不至于分开我们，我们是这么快乐。"（"Oh！I am not going to die，am I？ He will not seperate us，we have been so happy."）这真是不到黄河心不死。为什么我们这么留恋着生，不肯把死的神秘想一下呢？并且有时就是正在冥想死的伟大，何曾是确实把死的实质拿来咀嚼，无非还是向生方面着想，看一下死对于生的权威。做官做不大，

---

① Hazlitt：哈兹里特（1778—1830），英国散文家。——编者注
② Charlotte Bronte：夏洛蒂·勃朗特（1816—1855），英国女作家，代表作为《简·爱》。——编者注

发财发不多，打战打败仗，于是乎叹一口气说："千古英雄同一死！"
和"自古皆有死，莫不饮恨而吞声，任他生前何等威风赫赫，死
后也是一样的寂寞。"这些话并不是真的对于死有什么了解，实
在是怀着嫉妒，心惦着生，说风凉话，解一解怨气。在这里生对死，
是借他人之纸笔，发自己之牢骚。死是在那里给人利用做抓爆栗
子的猫脚爪，生却嬉皮涎脸地站在旁边受用。

　　让我翻一段 Sir W. Raleigh[①] 在《世界史》（*The History of the Word*）里的话来代表普通人对于死的观念罢。"只有死才能够使
人了解自己，指示给骄傲人看他也不过是个普通人，使他厌恶过
去的快乐；他证明富人是个穷光蛋，除壅塞在他口里的沙砾外，
什么东西对他都没有意义；当他举起他的镜在绝色美人面前，他
们看见承认自己的毛病同腐朽。呵！能够动人，公平同有力的死呀，
谁也不能劝服的你能够说服；谁也不敢想做的事，你做了；全世
界所谄媚的人，你把他掷在世界以外，看不起他：你曾把人们的
一切伟大，骄傲，残忍，雄心集在一块，用小小两个字'躺在这里'
盖尽一切。"

Death alone can make man know himself, show the proud and
insolent that he is but object, and can make him hate his forepasseed
happiness; the rich man be proved a naked beggar, Which hath interest
in nothing but the gravel that fills his mouth; and when he holds his

------

① 　Sir W. Raleigh：罗利（1552—1618），英国历史学家。——编者注

glass before the eyes of the most beautiful, they see and acknowledge their own deformity and rottenness. Oeloquent, just and mighty death whom none could advise, thou hast persuaded; what none hath presumed, thou hast cast out of the world and despised: thou hast drawn together all the extravagant greatness, all the pride, cruelty and ambition of man, and covered all over with two narrow words: "Hic jacet."

这里所说的是平常人对于死的意见，不过用伊利沙伯时代 ① 文体来写壮丽点，但是我们若使把它细看一番，就知道里头只含了对生之无常同生之无意义的感慨，而对着死国里的消息并没有丝毫透露出来。所以倒不如叫作生之哀辞，比死之冥想还好些。一般人口头里所说关于死的思想，剥蕉抽茧看起来，中间只包了生的意志，那里是老老实实的人死观呢。

庸人不足论，让我们来看一看沉着声音，两眼渺茫地望着青天的宗教家的话。他们在生之后编了一本"续编"。天堂地狱也不过如此如此。生与死给他们看来好似河岸的风景同水中反映的影影一样，不过映在水中的经过绿水特别具一种缥缈空灵之美。不管他们说的来生是不是镜花水月，但是他们所说死后的情形太似生时，使我们心中有些疑惑。因为若使死真是不过一种演不断的剧中一会的闭幕，等会笛鸣幕开，仍然续演，那么死对于我们绝对不会有这么神秘似的，而幽明之隔，也不至于到现在还没有

---

① 伊利沙伯时代：即英国女王伊丽莎白一世的时代。——编者注

一线的消息。科学家对死这问题，含糊说了两句不负责任的话，而科学家却常常仍旧安身立命于宗教上面。而宗教家对死又是不敢正视，只用着生的现象反映在他们西洋镜，做成八宝楼台。说来说去还在执着人生观，用遁辞来敷衍人死观。

还有好多人一说到死就只想将死时候的苦痛。George Gissing[①]在他的《草堂随笔》（*The private Papers of Henry Ryrcroft*）说生之停止不能够使他恐怖，在床上久病却使他想起会害怕。当该萨（Caesar）[②]被暗杀前一夕，有人问哪种死法最好，他说："要最仓猝迅速的！"（"That which should bemostsudden！"）疾病苦痛是生的一部分，同死的实质满不相干。

以上这两位小窃军阀说的话还是人生观，并不能对死有什么真了解。

为什么人死观老是不能成立呢？为什么谁一说到死就想起生，由是眼睛注着生噜噜嗦嗦说一阵遁辞，而不抓着死来考究一下呢？

约翰生（Johnson[③]）曾对 Boswell[④] 说："我们一生只在想离开死的思想。"（"The whole of life is but keeping away the thought of death."）

----

① George Gissing：乔治·吉辛（1857—1903），英国小说家、散文家。——编者注

② Caesar：现多译为恺撒（前100—前44），古罗马将军。——编者注

③ Johnosn：今多译为约翰逊，即英国文坛领袖塞缪尔·约翰逊（1709—1784）。——编者注

④ Boswell：鲍斯韦尔（1740—1795），英国文学大师，著作《约翰逊传》。——编者注

壹 一个深奥而难解的谜

死是这么一个可怕着摸不到的东西，我们总是设法回避它，或者将生死两个意义混起，做成一种骗自己的幻觉。可是我相信死绝对不是这么简单乏味的东西。Andreyev[1] 是窥得点死的意义的人。他写 Lazarus 来象征死的可怕，写《七个缢死的人》（*The seven that were hanged*）来表示死对于人心理的影响。虽然这两篇东西我们看着都会害怕，它们中间都有一段新奇耀目的美。Christina Rossetti[2]，Edgar Allan Poe[3]，Ambrose Bieree[4] 同 Lord Dusang[5] 对着死的本质也有相当的了解，所以他们著作里面说到死常常有种凄凉灰白色的美。有人解释 Andreyev，说他身旁四面都被围墙围着，而在好多墙之外有一个一切墙的墙——那就是死。我相信在这一切墙的墙外面有无限的风光，那里有说不出的好境，想不来的情调。我们对生既然觉得二十四分的单调同乏味，为什么不勇敢地放下一切对生留恋的心思，深深地默想死的滋味。压下一切懦弱无用的恐怖，来对死的本体睁着细看一番。我平常看到骸骨总觉有一种不可名言的痛快，它是这么光着，毫无所怕地站在你面前。我真想抱着它来探一探它的神秘，或者我身里的骨，会同他有共鸣

---

① Andreyev：安德烈耶夫（1871—1919），俄国作家。——编者注

② Christina Rossetti：克里斯蒂娜·罗塞蒂（1830—1894），英国女诗人。——编者注

③ Edgar Allan Poe：埃德加·爱伦·坡（1809—1849），美国小说家。——编者注

④ Ambrose Bieree：安布罗斯·比尔斯（1842—1913），美国作家。——编者注

⑤ Lord Dusang：邓萨尼勋爵（1878—1957），爱尔兰作家。——编者注

的现象，能够得到一种新的发现。骸骨不过是死宫的门，已经给我们这种无量的欢悦，我们为什么不漫步到宫里，看那千奇万怪的建筑呢。最少我们能够因此遁了生之无聊（ennui）的压迫，De Quincy[1] 只将"猝死""暗杀"……当作艺术看，就现出了一片瑰奇伟丽的境界。何况我们把整个死来默想着呢？来，让我们这会死的凡人来客观地细玩死的滋味：我们来想死后灵魂不灭，老是这么活下去，没有了期的烦恼；再让我们来细味死后什么都完了，就归到没有了的可哀；永生同灭绝是一个极有趣味的 dilemma[2]，我们尽可和死亲昵着，赞美这个 dilemma 做得这么完美无疵，何必提到死就两对牙齿打战呢？人生观这把戏，我们玩得可厌了，换个花头吧，大家来建设个好好的人死观。

在 Carlyle[3] 的 *The life of John Sterling*[4] 中有一封 Sterling 在病快死时候写给 Carlyle 的信，中间说：

"它（死）是很奇怪的东西，但是还没有旁观者所觉得的可悲的百分之一。"

"It is all very strange, but not one hundredth part so sad as it seems to the standers-by."

---

① De Quincy：昆西（1785—1859），英国散文家。——编者注

② dilemma：两难境地。——编者注

③ Carlyle：卡莱尔（1795—1881），苏格兰哲学家、作家。——编者注

④ *The life of John Sterling*：《约翰·斯特林的一生》，作者为卡莱尔，约翰·斯特林也是苏格兰作家。——编者注

今

/

李大钊

　　我以为世间最可宝贵的就是"今"，最易丧失的也是"今"。因为他最容易丧失，所以更觉得他可以宝贵。

　　为甚么"今"最可宝贵呢？最好借哲人耶曼孙所说的话答这个疑问："尔若爱千古，尔当爱现在。昨日不能唤回来，明天还不确实，尔能确有把握的就是今日。今日一天，当明日两天。"

　　为甚么"今"最易丧失呢？因为宇宙大化，刻刻流转，绝不停留。时间这个东西，也不因为吾人贵他爱他稍稍在人间留恋。试问吾人说"今"说"现在"，茫茫百千万劫，究竟哪一刹那是吾人的"今"，是吾人的"现在"呢？刚刚说他是"今"是"现在"，他早已风驰电掣的一般，已成"过去"了。吾人若要糊糊涂涂把他丢掉，岂不可惜？

　　有的哲学家说，时间但有"过去"与"未来"，并无"现在"。有的又说，"过去""未来"皆是"现在"。我以为"过去未来皆是现在"的话倒有些道理。因为"现在"就是所有"过去"流入的世界，换句话说，所有"过去"都埋没于"现在"的里边。故一时代的思潮，不是单纯在这个时代所能凭空成立的。不晓得有几多"过去"时代的思潮，差不多可以说是由所有"过去"时代的思潮一起凑合而成的。吾人投一石子于时代潮流里面，所激起的波澜声响，都向永远流动传播，不能消灭。屈原的《离骚》，永远使人人感泣。打击林肯头颅的枪声，呼应于永远的时间与空间。一时代的变动，绝不消失，仍遗留于次一时代，这样传演，至于无穷，在世界中有一贯相联的永远性。昨日的事件与今日的事件，合构成数个复杂事件。此数个复杂事件与明日的数个复杂事件，更合构成数个复杂事件。势力结合势力，问题牵起问题。无限的"过去"都以"现在"为归宿，无限的"未来"都以"现在"为渊源。"过去""未来"的中间全仗有"现在"以成其连续，以成其永远，以成其无始无终的大实在。一掣现在的铃，无限的过去未来皆遥相呼应。这就是过去未来皆是现在的道理。这就是"今"最可宝贵的道理。

现时有两种不知爱"今"的人：一种是厌"今"的人，一种是乐"今"的人。

厌"今"的人也有两派：一派是对于"现在"一切现象都不满足，因起一种回顾"过去"的感想。他们觉得"今"的总是不好，古的都是好。政治、法律、道德、风俗全是"今"不如古。此派人惟一的希望在复古。他们的心力全施于复古的运动。一派是对于"现在"一切现象都不满足，与复古的厌"今"派全同，但是他们不想"过去"，但盼"将来"。盼"将来"的结果，往往流于梦想，把许多"现在"可以努力的事业都放弃不做，单是耽溺于虚无缥缈的空玄境界。

这两派人都是不能助益进化，并且很足阻滞进化的。

　　乐"今"的人大概是些无志趣无意识的人，是些对于"现在"一切满足的人，觉得所处境遇可以安乐优游，不必再商进取，再为创造。这种人丧失"今"的好处，阻滞进化的潮流，同厌"今"派毫无区别。

　　原来厌"今"为人类的通性。大凡一境尚未实现以前，觉得此境有无限的佳趣，有无疆的福利，一旦身陷其境，却觉不过尔尔，随即起一种失望的念，厌"今"的心。又如吾人方处一境，觉得

原来厌"今"为人类的通性

无甚可乐，而一旦其境变易，却又觉得其境可恋，其情可思。前者为企望"将来"的动机，后者为反顾"过去"的动机。但是回想"过去"，毫无效用，且空耗努力的时间。若以企望"将来"的动机，而尽"现在"的努力，则厌"今"思想却大足为进化的原动。乐"今"是一种惰性（Inertia），须再进一步，了解"今"所以可爱的道理，全在凭他可以为创造"将来"的努力，决不在得他可以安乐无为。

热心复古的人，开口闭口都是说"现在"的境象若何黑暗，若何卑污，罪恶若何深重，祸患若何剧烈。要晓得"现在"的境象倘若真是这样黑暗，这样卑污，罪恶这样深重，祸患这样剧烈，也都是"过去"所遗留的宿孽，断断不是"现在"造的。全归咎于"现在"，是断断不能受的。要想改变他，但当努力以创造将来，不当努力以回复"过去"。

照这个道理讲起来，大实在的瀑流永远由无始的实在向无终的实在奔流。吾人的"我"，吾人的生命，也永远合所有生活上的潮流，随着大实在的奔流，以为扩大，以为继续，以为进转，以为发展。

故实在即动力，生命即流转。

忆独秀先生曾于《一九一六年》文中说过，青年欲达民族更新的希望，"必自杀其一九一五年之青年，而自重其一九一六年之青年"。我尝推广其意，也说过人生惟一的蕲向，青年惟一的责任，在"从现在青春之我，扑杀过去青春之我，促今日青春之我，禅让明日青春之我"。"不仅以今日青春之我，追杀今日白首之我，并宜以今日青春之我，豫杀来日白首之我"。实则历史的现象，时时流转，时时变易，同时还遗留永远不灭的现象和生命于宇宙之间，如何能杀得？所谓杀者，不过使今日的"我"不仍旧沉滞于昨天的"我"。而在今日之"我"中，固明明有昨天的"我"存在。不止有昨天的"我"，昨天以前的"我"，乃至十年二十年百千万亿年的"我"都俨然存在于"今我"的身上。然则"今"之"我"，"我"之"今"，岂可不珍重自将，为世间造些功德？稍一失脚，必致遗留层层罪恶种子于"未来"无量的人，即未来无量的"我"，永不能消除，永不能忏悔。

我请以最简明的一句话写出这篇的意思来：

吾人在世，不可厌"今"而徒回思"过去"，梦想"将来"，以耗误"现在"的努力。又不可以"今"境自足，毫不拿出"现在"的努力，谋"将来"的发展。宜善用"今"，以努力为"将来"之创造。由"今"所造的功德罪孽，永久不灭。故人生本务，在随实在之进行，为后人造大功德，供永远的"我"享受，扩张，传袭，至无穷极，以达"宇宙即我，我即宇宙"之究竟。

去来今

/

王统照

　　"春山烟淡藤花落，好鸟时啼三两声。"

　　在往海边友人家的道中忽然想起了八年前的旧诗句。那时我也走过这里，一样的残春却是清晨。碧桃落尽，柳枝的影子反映水面已显出丰润的柔姿，风从山道上飏过来，挟着不惹人厌恶的海腥味，湿气颇重，朝霭若断若连——在山头，在密林的空隙，在草地上。刚刚是宿雨初晴，不像莺也不是拙笨的云雀，偶然送过几阵婉转清脆的啼音；淡笼的烟痕像被鸟语震得微动的丝网，荡一下——那样轻，那样快，几乎非视力所能辨别，也许我的"心眼"在不可捉摸的影像上做幻觉的活动（是心动，是物动，正不易说清，横竖是没有证据的事）？弱光的金线从东南方射出，与高、下、横断的淡青色的"丝网"缠在一起，光与色的融合无从辨别，却像有神奇的爱力黏合在一起。四围，林檎树的大圆叶子，层叠如波浪的马尾松，玲珑楼房窗前的盆花，绿漪上漂浮的碎萍，它们都微笑着。它们受着薄霭的温浴；它们迎恋着朝旭的华光；它们愉快地为青春生命开始活动，显出自然满足的骄傲。

一切都有生力的跃动与活气的蓬勃

一切都有生力的跃动与活气的蓬勃。

然而我那两句偶成的旧体诗还不一样堕入旧人的圈套，有什么表出呢，对自己那一瞬间的感受与对客观世界心理的解剖？

诗句，只能刻画已属下乘，何况连刻画都偏而不全，如是拙笨！

自然看风景的一点，割人生的段，望四面明镜的一角，便能有一点微小的享受，有一份独自会心的兴感，否则如何解释"相看两不厌，只有敬亭山"的诗意？

感受，在事物时间的当前引起心情的抖动，不算生活的奢靡，也不算精神上的浪费。不见？小姑娘在高坡上撷得一枝山花便欣然地忘了疲苦，汗流浃背的劳人有时不得哼几句不成腔调的皮簧——他们绝不会因一枝山花，几句剧词，便容易忘怀了世间的痛苦，得到这一瞬间的享受也麻醉不了他们的灵魂，除非环境能给他们安排下只有快乐，没有悲苦激刺的人生。"夫有观，有诅，有喜，有怒，然后有间而可入。"悲欢忧喜的交织，正是人间竞争奋进的机键，盈于此则缺于彼；有的承受便有的进展。是人生谁也逃不出自然的圈套。当然，期间有高下好坏的分别。

说过去的一切不值得追忆和怀想，像是勇者？当前！当前！再来一个当前！"逝者如斯"，在当前的催逼急迫之下你还有余暇，还有丢不掉的闲情向过去凝思？这是懦弱心理的表现。为未来，我们都为未来努力，冲上前去（或者换四个更动人的字是"迎头赶上"）！向回头看，对已往的足迹还在联想上留一点点迟回的念头，那，你便是勇气不够，是落伍者。……对于这样"气盛言宜"的责备与鼓励，分辩不得，解说不了，除却低首无语外能有什么答复？不过"逝者如斯"，因有已逝的"过去"，才分外对正在逝的"现在"加意珍惜；加意整顿全神对它生发出甚深的感动；同时也加意倾向于不免终为逝者的"未来"。这正是一条韧力的链环，无此环彼环何能套定，只有一个环根本上成不了有力的链子。打断"过去"，说现在只是现在，那么，这两个字便有疑义，对未来的信

壹 一个深奥而难解的谜

念亦易动摇。我们不能轻视了名词；有此名词它必有所附丽，无其事，无其意义，完全泯没了痕迹，以为一切都像美猴王从石头缝里迸出来的，那么迅速，神奇，不可思议；以为我们凭空能创造出世间的奇迹？现在，现在，以为惟此二字是推动文化的法宝，这未免看得太容易了。

据说生活力基于从理化学原则的原子运动，而为运动主因的则在原子中"牵引""反拨"两种力量的起伏。一方显露出成为现势力，一方隐藏着成为潜势力，而势力的总量始终不变。两者共同存在，共同做力之运动，方能形成生活现象。时间，在一切生活现象中谁能否认它那伟大的力量。"一弹指顷去来今"，先有所承，后有所启，不必讲什么演化的史迹，人类的精神作用，如果抹去了时间，那有作用的领域便有限得很；人类的思与感如果没有相当的刺激与反应，思与感是否还能存在？有欲望，兴趣的探索，推动，方能有努力的获得。他的"嗜好的灵魂"绝不是无因而至，要把这些欲望、兴趣，引动起来，向"现在"深深投入，把握得住，对"未来"映现出一条光亮道路。我们无论怎样武断，哪能把隐藏的潜势力看做无足轻重，亚里士多德主张"宇宙的历程是一种实现的历程，Process of Realization[①]"，历程须有所经，讲实现岂能蔑视了已成"过去"的却仍在隐藏着的潜力？不过，

---

① 大意为：实现的历程。——编者注

这并非只主张保守一切与完全做骸骨迷恋的——只知过去不问现在者所可藉口。

在明丽的光景中，"过去"曾给我的是一片生机，是欣欣向荣，奋发活动的兴趣。那刚从碧海里出浴的阳光；那四周都像忻忻微笑的面容；那在氛围中遏抑不住，掩藏不了的青春生活力的迸跃，过去么？年光不能倒流，无尽的时间中几个年头又是若何的迅速、短促！但轻烟柳影，啼鸟，绿林，海潮的壮歌，苍天的明洁，自然界与生物的黏着，密接，酝酿，融合，过去么？触于目，动于心，激奋在"嗜好的灵魂"中……一样把生力的跃动包住我的全身，挑起我的应感。

虽然，世局的变迁，人间的纠纷，几个年头要拢总来做一个总和，难道连一点"感慨山河艰难戎马"的真感都没有，只会发幻念里呆子的"妄想"？是的，朋友！只要我们不缺少生力的活跃，不处处时时只做徒然地"溅泪惊心"的空梦，在悲苦失望间把生力渐渐销沉，渐渐淡化了去——只凭焦灼，悲愁，未必便能增加多少向前冲去的力量吧？——对"过去"的印证还存有信心；"现在"的感受更提高了气力，"将来"，我们应分毫不迟疑、毫不犹豫地相信抓在我们的手中！何以故？因为还有我们生命力的存在；何以故？因为不曾丧失了我们的潜力；何以故？我们不消极地只是悲苦凄叹把日子空空度去！

在行道时，一样的残春风物却一样把过去的生命力在我的思念与感受中重交于我，他们正像是 Raised new mountains and spread delicious valleys for me（G. Eliot 的话）[1] 虽然说是"新的"，因为"过去"的印证却分外增强了我的认识与奋发。朋友，我希望不要用生活的奢靡与精神上的浪费两句话来责备我。

　　我永远相信"去，来，今"三者是人间世一串有力的链环。

---

[1]　大意为：为我开垦了新的山脉和美丽的山谷。G. Eliot，乔治·艾略特（1819—1880），英国小说家。——编者注

我最初的人生思索

/

冯骥才

大概是我九岁那年的晚秋，因为穿着很薄的衣服在院里跑着玩，跑得一身汗，又站在胡同口去看一个疯子，拍了风，病倒了。病得还不轻呢！面颊烧得火辣辣的，脑袋晃晃悠悠，不想吃东西，怕光，尤其受不住别人嗡嗡出声地说话……

妈妈就在外屋给我架一张床，床前的茶几上摆了几瓶味苦难吃的药，还有与其恰恰相反、挺好吃的甜点心和一些很大的梨。妈妈用手绢遮在灯罩上，嗯，真好！灯光细密的针芒再不来逼刺我的眼睛了，同时把一些奇形怪状的影子映在四壁上。为什么精神颓委的人竟贪享一般地感到昏暗才舒服呢？

我和妈妈住的那间房有扇门通着。该入睡时，妈妈披一条薄毯来问我还难受不，想吃什么。然后，她低下身来，用她很凉的前额抵一抵我的头，那垂下来的毯边的丝穗弄得我的肩膀怪痒的。"还有点烧，谢天谢地，好多了……"她说。在半明半暗的灯光里，妈妈朦胧而温柔的脸上现出爱抚和舒心的微笑。

最后，她扶我吃了药，给我盖了被子，就回屋去睡了。只剩下我自己了。

壹　一个深奥而难解的谜

我一时睡不着，便胡思乱想起来。总想编个故事解解闷，但脑子里乱得很，好像一团乱线，抽不出一个可以清晰地思索下去的线头。白天留下的印象搅成一团：那个疯子可笑和可怕的样子总缠着我，不想不行；还有追猫呀，大笑呀，死蜻蜓呀，然后是哥哥打我，挨骂了，呕吐了，又是挨骂；鸡蛋汤冒着热气儿……穿白大褂的那个老头，拿着一个连在耳朵上的冰凉的小铁疙瘩，一个劲儿地在我胸脯上乱捣。后来我觉得脑子完全混乱，不听使唤，便什么也不去想，渐渐感到眼皮很重，昏沉沉中，觉得茶几上几只黄色的梨特别刺眼，灯光也讨厌得很，昏暗、无聊、没用，呆呆地照着。睡觉吧，我伸手把灯闭了。

黑了！霎时间好像一切都看不见了。怎么这么安静、这么舒服呀……

跟着，月光好像刚才一直在窗外窥探，此刻从没拉严的窗帘的缝隙里钻了进来，碰在药瓶上、瓷盘上、铜门把手上，散发出淡淡发蓝的幽光。远处一家作坊的机器有节奏地响着，不一会儿也停下来了。偶尔，从很远很远的地方传来货轮的鸣笛声，声音沉闷而悠长……

灯光怎么使生活显得这么狭小，它只照亮身边；而夜，黑黑的，却顿时把天地变得如此广阔、无限深长呢？

我那个年龄并不懂得这些。思索只是简单、即时和短距离的；忧愁和烦恼还从未乘着夜静和孤独悄悄爬进我的心里。我只觉得这黑夜中的天地神秘极了，浑然一气，深不可测，浩无际涯；我呢，这么小，无依无靠，孤孤单单；这黑洞洞的世界仿佛要吞掉我似的。这时，我感到身下的床没了，屋子没了，地面也没了，四处皆空，一切都无影无踪；自己恍惚悬在天上了，躺在软绵绵的云彩上……周围那样旷阔，一片无穷无尽的透明的乌蓝色，这云也是乌蓝乌蓝的；远远近近还忽隐忽现地闪烁着星星般五光十色的亮点儿……

这天究竟有多大，它总得有个尽头呀！哪里是边？那个边的外面是什么？又有多大？再外边……难道它竟无边无际吗？相比之下，我们多么小。我们又是谁？这么活着，喘气，眨眼，我到底是谁呀！

我伸手摸摸自己的脸、鼻子、嘴唇，觉得陌生又离奇，挺怪似的……这究竟是怎么回事？

我是从哪儿来的？从前我在哪里？什么样子？我怎么成为现在这个我的？将来又怎么样？长大，像爸爸那么高，做事……再大，最后呢？老了，老了以后呢？这时我想起妈妈说过的一句话："谁都得老，都得死的。"

死？这是个多么熟悉的字眼呀！怎么以前我就从来没想过它意味着什么呢？死究竟意味着什么？像爷爷，像从前门口卖糖葫芦那个老婆婆，闭上眼，不能说话，一动不动，好似睡着了一样。可是大家哭得那么伤心。到底还是把他们埋在地下了。为什么要把他们埋起来？他们不就永远也不能说话，也不能动，永远躺在厚厚的土地下了？难道就因为他们死了吗？忽然，我感到一阵死的神秘、阴冷和可怕，觉得周身就仿佛散出凉气来。

壹　一个深奥而难解的谜

于是，哥哥那本没皮儿的画报里脸上长毛的那个怪物出现了，跟着是白天那只死蜻蜓，随时想起来都吓人的鬼故事；跟着，胡同口的那个疯子朝我走来了……黑暗中，出现许多爷爷那样的眼睛，大大小小，紧闭着，眼皮还在鬼鬼祟祟地颤动着，好像要突然睁开，瞪起怕人的眼珠儿来……

我害怕了，已从将要入睡的懵懂中完全清醒过来了。我想——将来，我也要死的，也会被人埋在地下，这世界就不再有我了。我也就再不能像现在这样踢球呀，做游戏呀，捉蟋蟀呀，看马戏时吃那种特别酸的红果片呀……还有时去舅舅家看那个总关得严严实实的迷人的大黑柜，逗那条瘸腿狗，到那乱七八糟、杂物堆积的后院去翻找"宝贝"……而且再也不能"过年"了，那样地熬夜、拜年、放烟火、攒压岁钱；表哥把点着的鞭炮扔进鸡窝去，吓得鸡像鸟儿一样飞到半空中，乐得我喘不过气来；我们还瞒着妈妈去野坑边钓鱼，钓来一条又黄又丑的大鱼，给馋嘴的猫咪咪饱餐了一顿；下雨的晚上，和表哥躺在被窝里，看窗外打着亮闪，响着大雷……活着有多少快活的事，死了就完了。那时，表哥呢？妹妹呢？爸爸妈妈呢？他们都会死吗？他们知道吗？怎么也不害怕呀！我们能够不死吗？活着有多好！大家都好好活着，谁也不死。可是，可是不行啊……"谁都得老，都得死的。"死，这时就像拥有无限威力似的，而且严酷无情。在它面前，我那么无力，哀求也没用，大家都一样，只有顺从，听摆布，等着它最终的来临……想到这里，尤其是想到妈妈，我的心简直冷得发抖。

妈妈将来也会死吗？她比我大，会先老，先死的。她就再不能爱我了，不能像现在这样，脸挨着脸，搂我，亲我……她的笑，她的声音，她柔软而暖和的手，她整个人，在将来某一天就会一下子永远消失了吗？她会有多少话想说，却不能说，我也就永远无法听到了；她再看不见我，我的一切她也不再会知道。如果那时我有话要告诉她呢？到哪儿去找她？她也得被埋在地下吗？土地，坚硬、潮湿、冷冰冰的……我真怕极了。先是伤心、难过、流泪，而后愈想愈加心虚害怕，急得蹬起被子来。**趁妈妈活着的时光，我要赶紧爱她**，听她的话，不惹她生气，只做让大家和妈妈高兴的事。哪怕她还骂我，我也要爱她，快爱，多爱；我就要起来跑到她房里，紧紧搂住她……

四周黑极了，这一切太怕人了。我要拉开灯，但抓不着灯线，慌乱的手碰到茶几上的药瓶。我便失声哭叫起来："妈妈，妈妈……"

灯忽然亮了。妈妈就站在床前。她莫名其妙地看着我："怎么，做噩梦了？别怕……孩子，别怕。"

她俯身又用前额抵一抵我的头。这回她的前额不凉，反而挺热的了。"好了，烧退了。"她宽心而温柔地笑着。

刚才的恐怖感还没离开我。这是怎么回事？我茫然地望着她，有种异样的感觉。一时，我很冲动，要去拥抱她，但只微微挺起胸脯，脑袋却像灌了铅似的沉重，刚刚离开枕头，又坠倒在床上。

"做什么？你刚好，当心再着凉。"她说着便坐在我床边，紧挨着我，安静地望着我，一直在微笑，并用她暖和的手抚弄我

壹　一个深奥而难解的谜

趁妈妈活着的时光，我要赶紧爱她

的脸颊和头发，"你刚才是不是做噩梦了？听你喊的声音好大哪！"

"不是，……我想了……将来，不，我……"我想把刚才所想的事情告诉妈妈，但不知为什么，竟然无法说出来。是不是担心说出来，她知道后也要害怕的。那是件多么可怕的事啊！

"得了，别说了，疯了一天了，快睡吧！明天病就全好了……"

昏暗的灯光静静地照着床前的药瓶、点心和黄色的梨，照着妈妈无言而含笑的脸。她拉着我的手，我便不由得把她的手握得紧紧的……

我再不敢想那些可怕又莫解的事了。但愿世界上根本没有那种事。

栖息在邻院大树上的乌鸦不知为何缘故，含糊不清地咕嚷一阵子，又静下去了。被月光照得微明的窗帘上走过一只猫的影子。渐渐的，一切都静止了，模糊了，淡远了，融化了，变成一团无形的、流动的、软软而弥漫的烟。我不知不觉便睡着了。

一个深奥而难解的谜，从那个夜晚便悄悄留存在我的心里。后来我才知道，这是我最初在思索人生。

贰 生活在生活之中

我是没有出过门的，没有动身之前不容易动，走出来之后却又不知道如何流落才好。旬日来眼看去的都是图画，日子都是可以歌唱的古事。

——林徽因

生命的三分之一

/

邓拓

一个人的生命究竟有多大意义，这有什么标准可以衡量吗？提出一个绝对的标准当然很困难；但是，大体上看一个人对待生命的态度是否严肃认真，看他对待劳动、工作等的态度如何，也就不难对这个人的存在意义做出适当的估计了。

古来一切有成就的人，都很严肃地对待自己的生命，当他活着一天，总要尽量多劳动、多工作、多学习、不肯虚度年华，**不让时间白白地浪费掉**。我国历代的劳动人民以及大政治家、大思想

不让时间白白地浪费掉

家等都莫不如此。

班固写的《汉书·食货志》上有下面的记载："冬，民既入；妇人同巷，相从夜绩，女工一月得四十五日。"这几句读来都很奇怪，怎么一月能有四十五天呢？再看原文底下颜师古做了注解，他说："一月之中，又得夜半为十五日，共四十五日。"

这就很清楚了。原来我国的古人不但比西方各国的人更早地懂得科学地、合理地计算劳动日；而且我们的古人老早就知道对于日班和夜班的计算方法。

一个月本来只有三十天，古人把每个夜晚的时间算做半日，就多了十五天。从这个意义上说来，夜晚的时间实际上不就等于生命的三分之一吗？

对于这三分之一的生命，不但历代的劳动人民如此重视，而且有许多大政治家也十分重视。班固在《汉书·刑法志》里还写道：

"秦始皇躬操文墨，昼断狱，夜理书。"

有的人一听说秦始皇就不喜欢他，其实秦始皇毕竟是中国历史上的一个伟大人物，班固对他也还有一些公平的评价。这里写的是秦始皇在夜间看书学习的情形。

据刘向的《说苑》所载，春秋战国时有许多国君都很注意学习。如：

"晋平公问于师旷曰：吾年七十，欲学恐已暮矣。师旷曰：何不炳烛乎？"在这里，师旷劝七十岁的晋平公点灯夜读，拼命抢时间，争取这三分之一的生命不至于继续浪费。这种精神多么可贵啊！

《北史·吕思礼传》记述这个北周大政治家生平勤学的情形是：

"虽务兼军国，而手不释卷。昼理政事，夜即读书，令苍头执烛，烛烬夜有数升。"

光是烛灰一夜就有几升之多，可见他夜读何等勤奋了。像这样的例子还有很多。

为什么古人对于夜晚的时间都这样重视，不肯轻轻放过呢？我认为这就是他们对待自己生命的三分之一的严肃认真态度，这正是我们所应该学习的。我之所以想利用夜晚的时间，向读者同志们做这样的谈话，目的也不过是要引起大家注意珍惜这三分之一的生命，使大家在整天的劳动、工作以后，以轻松的心情，领略一些古今有用的知识而已。

第二度的青春

/

梁遇春

　　人们到了相当年纪，大概不会再有春愁。就说偶然还涉遐思，也不好意思出口了。

　　乡愁，那是许多人所逃不了的。有些人天生一副怀乡病者的心境，天天惦念着他精神上的故乡。就是住在家乡里，仍然忽忽如有所失，像个海外飘零的客子。就说把他们送到乐园去，他们还是不胜惆怅，总是希冀企望着，想回到一个他所不知道的地方。这些人想象出许多虚幻的境界，那是宗教家的伊甸园，哲学家的伊比鸠鲁斯花园，诗人的 Elysium[1]，ElDorado[2]，Arcadia[3]，理想主义者的乌托邦，来慰藉他们彷徨的心灵；可是若使把他们放在他们所追求的天国里，他们也许又皱起眉头，拿着笔描写出另个理想世界了。思想无非是情感的具体表现，他们这些世外桃源只是他们不安心境的寄托。全是因为它们是不能实现的，所以才能

――――――――――

[1]　Elysium：英文，极乐之土。――编者注

[2]　ElDorado：西班牙文，黄金国度。――编者注

[3]　Arcadia：英文，桃花源。――编者注

够传达出他们这种没个为欢处的情怀；一旦不幸，理想变为事实，它们应该就不配做他们这些情绪的象征了。说起来，真是可悲，然而也怪有趣。总之，这一班人大好年华都消磨于绻怀一个莫须有之乡，也从这里面得到他人所尝不到的无限乐趣。登楼远望云山外的云山，淌下的眼泪流到笑涡里去，这是他们的生活。吾友莫须有先生就是这么一个人。久不见他了，却常忆起他那泪痕里的微笑。

可是，人们到了相当年纪（又是这么一句话），对于自己的事情感到厌倦，觉得太空虚了，不值一想，这时连这一缕乡愁也将化为云烟了。其实人们一走出情场，失掉绮梦，对于自己种种的幻觉都消灭了，当下看出自己是个多么渺小无聊的汉子，正好像脱下戏衫的优伶，从缥缈世界坠到铁硬的事实世界，砰的一声把自己惊醒了。这时睁开眼睛，看到天上恒河沙数的群星，一佛一世界，回想自己风尘下过千万人已尝过，将来还有无数万人来尝的庸俗生活，对于自己怎能不灰心呢？当此"屏除丝竹入中年"时候，怎么好呢？

可是，人们到了相当年纪，免不了儿女累人，三更儿哭，可以搅你的清梦，一声爸爸，可以动你的心弦。烦恼自然多起来了，**但是天下的乐趣都是烦恼带来的**，烦恼使人不得不希望，希望却是一服包医百病的良方。做了只怕不愁，一生在艰苦的环境下面挣扎着，结果常是"穷"而不"愁"，所谓潦倒也就是麻木的意思。做人做到艳阳天气勾不起你的幽怨，故乡土物打不动你莼鲈之思，

但是天下的乐趣都是烦恼带来的

真是几乎无路可走了。

还好有个父愁。虽然知道自己的一生是个失败，仿佛也看出天下无所谓成功的事情，已猜透成功等于失败这个哑谜了，居然清瘦地站在宇宙之外，默然与世无涉了；可是对于自己孩子们总有个莫名其妙的希望，大有我们自己既然如是塌台，难道他们也会这样吗的意思。只有没有道理的希望是真实的，永远有生气的，做父亲的人们明知小孩变成顽皮大人是种可伤的事情，却非常希望他们赶快长大。已看穿人性的腐朽同宇宙的乏味了，可是还希望他们来日有个花一般的生涯。为着他们，希望许多绝不可能的事情变为可能，为着他们，肯把自己重新掷到过去的幻觉里去，于是乎从他们的生活里去度自己第二次的青春，又是一场哀乐。为着儿女的恋爱而担心，去揣摩内中的甘苦，宛如又踱进情场。有时把儿女的痴梦拿来细味，自己不知不觉也走梦里去了，孩提的想头和希望都占着做父亲者的心窝，虽然这些事他们从前曾经热烈地执着过，后来又颓然扔开了。人们下半生的心境又恢复到前半生那样了，有时从父愁里也产生出春愁和乡愁。记得去年快有儿子时候，我的父亲从南方写信来说道："你现也快做父亲了，有了孩子，一切要耐忍些。"我年来常常记起这几句话，感到这几句叮咛包括了整个人生。

我的理想家庭

/

老舍

　　一个二十多岁的小伙子，讲恋爱，讲革命，讲志愿，似乎天地之间，唯我独尊，简直想不到组织家庭——结婚既是爱的坟墓，家庭根本上是英雄好汉的累赘。及至过了三十，革命成功与否，事情好歹不论，反正领略够了人情世故，壮气就差点事儿了。虽然明知家庭之累，等于投胎为马为牛，可是人生总不过如此，多少也都得经验一番，既不坚持独身，结婚倒也还容易。于是发帖子请客，笑着开驶倒车，苦乐容或相抵，反正至少凑个热闹。到了四十，儿女已有二三，贫也好富也好，自己认头苦曳，对于年轻的朋友已经有好些个事儿说不到一处，而劝告他们老老实实地结婚，好早生儿养女，即是话不投缘的一例。到了这个年纪，设若还有理想，必是理想的家庭。倒退二十年，连这么一想也觉泄气。人生的矛盾可笑即在于此，年轻力壮，力求事事出轨，决不甘为火车；及至中年，心理的，生理的，种种理的什么什么，都使他不但非做火车不可，且做货车焉。把当初与现在一比较，判若两人，足够自己笑半天的！或有例外，实不多见。

　　明年我就四十了，已具说理想家庭的资格：大不必吹，盖亦自嘲。

贰　生活在生活之中

　　我的理想家庭要有七间小平房：一间是客厅，古玩字画全非必要，只要几张很舒服宽松的椅子，一二小桌。一间书房，书籍不少，不管什么头版与古本，而都是我所爱读的。一张书桌，桌面是中国漆的，放上热茶杯不至烫成个圆白印儿。文具不讲究，可是都很好用。桌上老有一两枝鲜花，插在小瓶里。两间卧室，我独据一间，没有臭虫，而有一张极大极软的床。在这个床上，横睡直睡都可以，不论怎睡都一躺下就舒服合适，好像陷在棉花堆里，一点也不硬碰骨头。还有一间，是预备给客人住的。此外是一间厨房，一个厕所，没有下房，因为根本不预备用仆人。家中不要电话，不要播音机，不要留声机，不要麻将牌，不要风扇，不要保险柜。缺乏的东西本来很多，不过这几项是故意不要的，有人白送给我也不要。

　　院子必须很大。靠墙有几株小果木树。除了一块长方的土地，平坦无草，足够打开太极拳的，其他的地方就都种着花草——没有一种珍贵费事的，只求昌茂多花。屋中至少有一只花猫，院中至少也有一两盆金鱼；小树上悬着小笼，二三绿蝈蝈随意地鸣着。

　　这就该说到人了。屋子不多，又不要仆人，人口自然不能很多：**一妻和一儿一女就正合适**。先生管擦地板与玻璃，打扫院子，收拾花木，给鱼换水，给蝈蝈一两块绿黄瓜或几个毛豆；并管上街送信买书等事宜。太太管做饭，女儿任助手——顶好是十二三岁，不准小也不准大，老是十二三岁。儿子顶好是三岁，既会讲话，又胖胖的会淘气。母女于做饭之外，就做点针线，看小弟弟。大件衣服拿到外边去洗，小件的随时自己涮一涮。

一妻和一儿一女就正合适

既然有这么多工作，自然就没有多少工夫去听戏看电影。不过在过生日的时候，全家就出去玩半天；接一位亲或友的老太太给看家。过生日什么的永远不请客受礼，亲友家送来的红白帖子，就一概扔在字纸篓里，除非那真需要帮助的，才送一些干礼去。到过节过年的时候，吃食从丰，而且可以买一通纸牌，大家打打"索儿胡"，赌铁蚕豆或花生米。

男的没有固定的职业；只是每天写点诗或小说，每千字卖上四五十元钱。女的也没事做，除了家务就读些书。儿女永不上学，由父母教给画图，唱歌，跳舞——乱蹦也算一种舞法——和文字，手工之类。等到他们长大，或者也会仗着绘画或写文章卖一点钱吃饭；不过这是后话，顶好暂且不提。

贰　生活在生活之中

这一家子人，因为吃得简单干净，而一天到晚又不闲着，所以身体都很不坏。因为身体好，所以没有肝火，大家都不爱闹脾气。除了为小猫上房、金鱼甩子等事着急之外，谁也不急叱白脸的。

大家的相貌也都很体面，不令人望而生厌。衣服可并不讲究，都做得很结实朴素：永远不穿又臭又硬的皮鞋。男的很体面，可不露电影明星气；女的很健美，可不红唇卷毛的鼻子朝着天。孩子们都不卷着舌头说话，淘气而不讨厌。

这个家庭顶好是在北平，其次是成都或青岛，至坏也得在苏州。无论怎样吧，反正必须在中国，因为中国是顶文明顶平安的国家；理想的家庭必在理想的国内也。

我的梦，我的青春

/

郁达夫

不晓得是在哪一本俄国作家的作品里，曾经看到过一段写一个小村落的文字，他说："譬如有许多纸折起来的房子，摆在一段高的地方，被大风一吹，这些房子就歪歪斜斜地飞落到了谷里，紧挤在一道了。"前面有一条富春江绕着，东西北的三面尽是些小山包住的富阳县城，也的确可以借了这一段文字来形容。

虽则是一个行政中心的县城，可是人家不满三千，商店不过百数；一般居民，全不晓得做什么手工业，或其他新式的生产事业，所靠以度日的，有几家自然是祖遗的一点田产，有几家则专以小房子出租，在吃两元三元一月的租金；而大多数的百姓，却还是既无恒产，又无恒业，没有目的，没有计划，只同蟑螂似的在那里出生，死亡，繁殖下去。

这些蟑螂的密集之区，总不外乎两处地方；一处是三个铜子一碗的茶店，一处是六个铜子一碗的小酒馆。他们在那里从早晨坐起，一直可以坐到晚上上排门的时候；讨论柴米油盐的价格，传播东邻西舍的新闻，为了一点不相干的细事，譬如说吧，甲以为李德泰的煤油只卖三个铜子一提，乙以为是五个铜子两提的话，

贰　生活在生活之中

双方就会得争论起来；此外的人，也马上分成甲党或乙党提出证据，互相论辩，弄到后来，也许相打起来，打得头破血流，还不能够解决。

因此，在这么小的一个县城里，茶店酒馆，竟也有五六十家之多；于是大部分的蟑螂，就家里可以不备面盆手巾、桌椅板凳、饭锅碗筷等日常用具，而悠悠地生活过去了。离我们家里不远的大江边上，就有这样的两处蟑螂之窟。

在我们的左面，住有一家砍砍柴，卖卖菜，人家死人或娶亲，去帮帮忙跑跑腿的人家。他们的一族，男女老小的人数很多很多，而住的那一间屋，却只比牛栏马槽大了一点。他们家里的顶小的一位苗裔年纪比我大一岁，名字叫阿千，冬天穿的是同伞似的一堆破絮，夏天，大半身是光光地裸着的；因而皮肤黝黑，臂膀粗大，脸上也像是生落地之后，只洗了一次的样子。他虽只比我大了一岁，但是跟了他们屋里的大人，茶店酒馆日日去上，婚丧的人家，也老在进出；打起架吵起嘴来，尤其勇猛。我每天见他从我们的门口走过，心里老在羡慕，以为他又上茶店酒馆去了，我要到什么时候，才可以同他一样的和大人去夹在一道呢！而他的出去和回来，不管是在清早或深夜，我总没有一次不注意到的，因为他的喉音很大，有时候一边走着，一边在绝叫着和大人谈天，若只他一个人的时候哩，总在噜苏地唱戏。

当一天的工作完了，他跟了他们家里的大人，一道上酒店去的时候，看见我欣羡地立在门口，他原也曾邀约过我；但一则怕母亲要骂，二则胆子终于太小，经不起那些大人的盘问笑说，我总是微笑着摇摇头，就跑进屋里去躲开了，为的是上茶酒店去的诱惑性，实在强不过。

有一天春天的早晨，母亲上父亲的坟头去扫墓去了，祖母也一侵早上了一座远在三四里路外的庙里去念佛。翠花在灶下收拾早餐的碗筷，我只一个人立在门口，看有淡云浮着的青天。忽而阿千唱着戏，背着钩刀和小扁担绳索之类，从他的家里出来，看了我的那种没精打采的神气，他就立了下来和我谈天，并且说：

"鹳山后面的盘龙山上，映山红开得多着哩；并且还有乌米饭（是一种小黑果子），彤管子（也是一种刺果），刺莓等等，你跟了我来吧，我可以采一大堆给你。你们奶奶，不也在北面山脚下的真觉寺里念佛么？等我砍好了柴，我就可以送你上寺里去吃饭去。"

阿千本来是我所崇拜的英雄，而这一回又只有他一个人去砍柴，天气那么的好，今天侵早祖母出去念佛的时候，我本是嚷着要同去的，但她因为怕我走不动，就把我留下了。现在一听到了这一个提议，自然是心里急跳了起来，两只脚便也很轻松地跟他出发了，并且还只怕翠花要出来阻挠，跑路跑得比平时只有得快些。出了弄堂，向东沿着江，一口气跑出了县城之后，天地宽广起来了，我的对于这一次冒险的惊惧之心就马上被大自然的威力所压倒。这样问问，那样谈谈，阿千真像是一部小小的自然界的百科大辞典；而到盘龙山脚去的一段野路，便成了我最初学自然科学的模范小课本。

贰　生活在生活之中

麦已经长得有好几尺高了，麦田里的桑树，也都发出了绒样的叶芽。晴天里舒叔叔的一声飞鸣过去的，是老鹰在觅食；树枝头吱吱喳喳，似在打架又像是在谈天的，大半是麻雀之类，远处的竹林丛里，既有抑扬，又带余韵，在那里歌唱的，才是深山的画眉。

上山的路旁，一拳一拳像小孩子的拳头似的小草，长得很多；拳的左右上下，满长着些绛黄的绒毛，仿佛是野生的虫类，我起初看了，只在害怕，走路的时候，若遇到一丛，总要绕一个弯，让开它们，但阿千却笑起来了，他说：

"这是薇蕨，摘了去，把下面的粗干切了，炒起来吃，味道是很好的哩！"

渐走渐高了，山上的青红杂色，迷乱了我的眼目。日光直射在山坡上，从草木泥土里蒸发出来的一种气息，使我呼吸感到了困难；阿千也走得热起来了，把他的一件破夹袄一脱，丢向了地下。教我在一块大石上坐下息着，他一个人穿了一件小衫唱着戏去砍柴采野果去了；我回身立在石上，向大江一看，又深深地深深地得到了一种新的惊异。

这世界真大呀！那宽广的水面！那澄碧的天空！那些上下的船只，究竟是从哪里来，上哪里去的呢？

我一个人立在半山的大石上，近看看有一层阳炎在颤动着的绿野桑田，远看看天和水以及淡淡的青山，渐听得阿千的唱戏声音幽下去远下去了，心里就莫名其妙地起了一种渴望与愁思。**我**

我要到什么时候才能大起来呢

要到什么时候才能大起来呢？我要到什么时候才可以到这像在天边似的远处去呢？到了天边，那么我的家呢？我的家里的人呢？同时感到了对远处的遥念与对乡井的离愁，眼角里便自然而然地涌出了热泪。到后来，脑子也昏乱了，眼睛也模糊了，我只呆呆地立在那块大石上的太阳里做幻梦。我梦见有一只揩擦得很洁净的船，船上面张着了一面很大很饱满的白帆，我和祖母、母亲、翠花、阿千等都在船上，吃着东西，唱着戏，顺流下去，到了一处不相识的地方。我又梦见城里的茶店酒馆，都搬上山来了，我和阿千便在这山上的酒馆里大喝大嚷，旁边的许多大人，都在那里惊奇仰视。

贰　生活在生活之中

这一种接连不断的白日之梦，不知做了多少时候，阿千却背了一捆小小的草柴，和一包刺莓、映山红、乌米饭之类的野果，回到我立在那里的大石边来了；他脱下了小衫，光着了脊肋，那些野果就系包在他的小衫里面的。

他提议说，时间不早了，他还要砍一捆柴，且让我们吃着野果，先从山腰走向后山去吧，因为前山的草柴，已经被人砍完，第二捆不容易采刮拢来了。

慢慢地走到了山后，山下的那个真觉寺的钟鼓声音，早就从春空里传送到了我们的耳边，并且一条青烟，也刚从寺后的厨房里透出了屋顶。向寺里看了一眼，阿千就放下了那捆柴，对我说：

"他们在烧中饭了，大约离吃饭的时候也不很远，我还是先送你到寺里去吧！"

我们到了寺里，祖母和许多同伴者的念佛婆婆，都张大了眼睛，惊异了起来。阿千走后，她们就开始问我这一次冒险的经过，我也感到了一种得意，将如何出城，如何和阿千上山采集野果的情形，说得格外的详细。后来坐上桌去吃饭的时候，有一位老婆婆问我："你大了，打算去做些什么？"我就毫不迟疑地回答她说："我愿意去砍柴！"

故乡的茶店酒馆，到现在还在风行热闹，而这一位茶店酒馆里的小英雄，初次带我上山去冒险的阿千，却在一年涨大水的时候，喝醉了酒，淹死了。他们的家族，也一个个地死的死，散的散，现在没有生存者了；他们的那一座牛栏似的房屋，已经换过了两三个主人。时间是不饶人的，盛衰起灭也绝对地无常的：阿千之死，同时也带去了我的梦，我的青春！

山西通信（节选）

/

林徽因

　　我是没有出过门的，没有动身之前不容易动，走出来之后却又不知道如何流落才好。

　　旬日来眼看去的都是图画，日子都是可以歌唱的古事。黑夜中在山场里看河南来到山西的匠人，围住一个大红炉子打铁，火花和铿锵的声响，散到四围黑影里去。微月中步行寻到田垄废庙，划一根"取灯"偷偷照看那了望观音的脸，一片平静，几百年来没有动过感情的，在那一闪光底下，倒像挂上一缕笑意。

　　我们因为探访古迹走了许多路，在种种情形之下感慨到古今兴废。在草丛里读碑碣，在砖堆中间偶然碰到菩萨的一只手一个微笑，都是可以激起一些不平常的感觉来的。

　　乡村的各种浪漫的位置，秀丽天真。中间人物维持着老老实实的鲜艳颜色，老的扶着拐杖，小的赤着胸背，沿路上点缀的，尽是他们明亮的眼睛和笑脸。

　　由北平城里来的我们，东看看，西走走，夕阳背在背上，真和掉在另一个世界里一样！云块、天，和我们之间似乎失掉了一切障碍。我乐时就高兴地笑，笑声——直散到对河对山，说不定哪一个林子，哪一个村落里去！我感觉到一种平坦，或许是辽阔，和地面恰恰平行着舒展开来，感觉最边沿的边沿，和大地的边沿，永远赛着向前伸……

　　我不会说，说起来也只是一片疯话，人家不耐烦听。让我描写一些实际情形，我又不大会。总而言之，远地里，一处田亩有人在工作，上面青的、黄的、紫的，分行地长着；每一处山坡上，都有人在走路、放羊，迎着阳光，背着阳光，投射着转动的光影；每一个小城，前面站着城楼，旁边睡着小庙，那里又托出一座石塔，**神和人，都服帖地、满足地守着他们那一角天地**，近地里，则更有的是热闹，一条街里站满了人，孩子头上梳着三个小辫子的、四个小辫子的，乃至于五六个小辫子的，衣服简单到只剩一个红

神和人，都服帖地、满足地守着他们那一角天地

兜肚，上面隐约也总有他嬷嬷挑的两三朵花！

娘娘庙前面树荫底下，你又能阻止谁来看热闹？教书先生出来了，军队里兵卒拉着马过来了，几个女人娇羞地手拉着手，也扭着来站在一边了，小孩子争着挤，看我们照相，拉皮尺量平面，教书先生帮我们拓碑文。

说起来这个那个庙，都是年代久远了，什么时候盖的，谁也说不清了！说话之人来得太多，我们工作实在发生困难了，可是我们大家都顶高兴的，小孩子一边抱着饭碗吃饭，一边睁着大眼看，一点也不松懈。

我们走时总是一村子的人来送的，儿媳妇指着说给老婆婆听，小孩们跑着还要跟上一段路。开栅镇、小相村、大相村，哪一处

不是一样的热闹，看到北齐天保三年造像碑，我们不小心，漏出一个惊异的叫喊，他们乡里弯着背的、老点儿的人，就也露出一个得意的微笑，知道他们村里的宝贝，居然吓着这古怪的来客了。

"年代多了吧。"他们骄傲地问。"多了多了，"我们高兴地回答，"差不多一千四百年了。""呀，一千四百年！"我们便一起骄傲起来。

我们看看这里金元重修的，那里明季重修的殿宇，讨论那式样做法的特异处，塑像神气，手续，天就渐渐黑下来，嘴里觉到渴，肚里觉到饿，才记起一天的日子圆圆整整地就快结束了。回来躺在床上，绮丽鲜明的印象仍然挂在眼睛前边，引导着种种适意的梦，同时晚饭上所吃的菜蔬果子，便给养充实着我们明天的精力，直到一大颗太阳，红红地照在我们的脸上。

日子总在盼望中过去

小时候睡在祖母的身边，半夜里醒来听到一种极其沉重而又敏速的声音，仿佛有一极大的东西在那里旋转，连自己也旋转在里边了；长大起来就听人家告诉，说那就是地球运转的声音……

——李广田

毋忘草

/

梁遇春

Butler 和 Stevenson[1] 都主张我们应当在衣袋里放一本小簿子，心里一涌出什么巧妙的念头，就把它抓住记下，免得将来逃个无影无踪。我一向不大赞成这个办法，一则因为我总觉得文章是"妙手偶得之"的事情，不可刻意雕出。那大概免不了三分"匠"意。二则，既然记忆力那么坏，有了得意的意思又会忘却，那么一定也会忘记带那本子了，或者带了本子，没有带笔，结果还是一个忘却，到不如安分些，让这些念头出入自由罢。这些都是壮年时候的心境。

近来人事纷扰，感慨比从前多，也忘得更快，最可恨的是不全忘去，留个影子，叫你想不出全部来觉得怪难过的。并且在人海的波涛里浮沉着，有时颇顾惜自己的心境，想留下来，做这个徒然走过的路程的标志。因此打算每夜把日间所胡思乱想的多多少少写下一点儿，能够写多久，那是连上帝同魔鬼都不知道的。

---

① Butler：巴特勒（1835—1902）；Stevenson：斯蒂文森（1850—1894）；都是英国作家。——编者注

老子用极恬美的文字著了《道德经》，但是他在最后一章里却说："信言不美，美言不信。"大有一笔勾销前八十章的样子。这是抓到哲学核心的智者的态度。若使他没有看透这点，他也不会写出这五千言了。天下事讲来讲去讲到彻底时正同没有讲一样，只有知道讲出来是没有意义的人才会讲那么多话。又讲得那么好。

Montaigne，Voltaire，Pascal，Hume[①] 说了许多的话，却是全没有结论，也全因为他们心里是雪亮的，晓得万千种话一灯青，说不出什么大道理来，所以他们会那样滔滔不绝，头头是道。天下许多事情都是翻筋斗，未翻之前是这么站着，既翻之后还是这么站着，然而中间却有这么一个筋斗！

镜君屡向我引起庄子的"道隐于小成，言隐于荣华"，又屡向我盛称庄生文章的奇伟瑰丽，他的确很懂得庄子。

我现在深知道"忆念"这两个字的意思，也许因为此刻正是穷秋时节罢。忆念是没有目的，没有希望的，只是在日常生活里很容易触物伤情，想到千里外此时有个人不知道作什么生。有时遇到极微细的，跟那人绝不相关的情境，也会忽然联想起那个穿梭般出入我的意识的她，我简直认为这念头是来得无端。忆念后又怎么样呢？没有怎么样，我还是这么一个人。那么又何必忆念

---

① Montaigne：蒙塔涅（1533—1592），法国散文家；Voltaire：伏尔泰（1694—1778），法国思想家；Pascal：帕斯卡（1623—1662），法国哲学家；Hume：休谟（1711—1776），英国哲学家。——编者注

呢？但是当我想不去忆念她时，我这想头就是忆念着她了。当我忘却了这个想头，我又自然地忆念起来了。**我可以闭着眼睛不看外界的东西，但是我的心眼总是清炯炯的**，总是睇着她的倩影。在欢场里忆起她时，我感到我的心境真是静悄悄得像老人了。在苦痛时忆起她时，我觉得无限的安详，仿佛以为我已挨尽一切了。总之，我时时的心境都经过这么一种洗礼，不管当时的情绪为何，那色调是绝对一致的，也可以说她的影子永离不开我了。

"人间别久不成悲"，难道已浑然好像没有这么一回事吗？不，

我可以闭着眼睛不看外界的东西，但是我的心眼总是清炯炯的

绝不！初别的时候心里总难免万千心绪起伏着，就构成一个光怪陆离的悲哀。当一个人的悲哀变成灰色时，他整个人溶在悲哀里面去了，惘怅的情绪既为他日常心境，他当然不会再有什么悲从中来了。

"幸福"的寻求

/

王统照

　　驶过原野，爬过山岭，渡过冰冷与含有硫黄气的河流，穿过阴暗的森林，幸福，自降生后它没有一天甚至一小时曾偷懒过：它永远在无穷尽无终结的道路上（多艰苦辛劳的征途），去寻觅它的主人——也就是它可以安身的地方。

　　不是耗废，却经过了无量数的时间，它还不曾觅到它的理想中主人的身影。

　　然而，它为痛苦、疲乏与说不清的恐吓阻难追逐着，围绕着，阻碍与打击着。

　　它的新生的气力与活跃的希望渐渐举不起它的身体了！

　　它也开始"失望"！觉得造物的大神当初赋予它的使命像是宇宙间最大的骗局。奔走，寻求，永远会无结果？这样伟大严重的使命也永远无法交代。

　　不仅"失望"，它对造物的大神难免有不平的怨恨了！

　　一天它彳亍着走到一片有黄的白的花草的田间，阳光温煦，笼罩着无边的春气，一切仿佛都在安闲与沉静之中，幸福不自觉地止住了脚步，它想：

"也许我的使命要在这地方完成了吧？"

果然，一位须发斑白的老人拄了木杖，从田垄上起来。他的双目已失去了青春的光泽，他的神态是十分疲懒无力，他低头看着土地，不向长空注意。到幸福的面前，他发出哑嘎的低声。

"使者，你应分如我一样的疲乏了吧？你这么匆忙地奔跑，会连你自己也要丢掉，永找不到你的主人。来，我告诉你，你的伟大使命的谜底。

"和平，静止，依我做榜样，以闲静的梦想做隐蔽，不再向前，也不抬头望空中寻求什么梦境，这期间便有你的主人的身影。"

幸福听过，觉得茫然。**"真理"在这白了头发俯看土地的老人的口中，是否改变过原来的面目？**

迟疑中老人去了，每一步，木杖深深插入土壤时，也引带出他的咳声。

于是这仿佛在安闲与沉静中的春之田野从四面激发出咳声的回音。

幸福不能再待下去，它又开始了它的征途。

另一天，幸福在峭立的山峰上遇见了一位铁青面色，全身铁甲的武士，他是强壮、威严、横肆与不可干犯的化身，叉手望着周围的峰峦，等待着将来的风暴。并且，他大声唱出使人震惊的歌声。

他对忧虑的幸福用冷暴的目光轻视着。

"你将何往？世间唯有犹豫的傻人方是你的伴侣，也唯有不中用，无气力，无铁的意志的哲学是你的圣书……这样，再一世代，你也走不完你的路程，其实是永不会走完的！

"随我来。你看，分明是我的铁脚践踏过的地方便生出幸福的婴孩，你的永生的化身。因为我能将气力、生命送与他们……因此，你，傻人，不必虚耗时间，把你的使命献到我的胸前，你可以永远地休息了。"

幸福这一次是悚然了，它不敢与这武士接谈，悄悄地转回去。

四山即时和唱着

"真理"在这白了头发俯看土地的老人的口中，是否改变过原来的面目

雄壮的高歌，像对它发出嘲笑的送行话。

幸福再不能在尘世停留下去，种种遭遇不只疲惫了它的身体，而且它的精神也快要消散净尽。

它只好回到造物的大神那里去。

它把老人与武士的告语全告诉给大神，请求给它一个明白的判断。

大神初时沉默着，后来冷冷地笑了。

"这不是你不忠于你的使命，因为他们都要强充幸福的主人，所以你不做诱惑的囚徒，便成了被践踏的生命！

"梦是幸福的主人，力也是幸福的主人，但也都不是的！照你这样的寻觅，你的完成终无一日在人间出现，这不是你太不聪明了？"

幸福受了谴责，禁不住自感凄凉，它恳求地请问：

"你的全能，请把我不懂得的聪明的指示给我！"

大神微笑了。

"不命你去寻求，你永不会知道人间对待幸福的面貌，以及他们自私的专擅的恶毒的心，你现在拿到经验的明镜，你自然能在觉悟中完成你的使命……"

"在哪里呢？"幸福似有点明白。

"在你的经验中，在你的不自私的寻求中。勤敏，公平，永远奔驰着你的长路，此外，你还向哪方去依附你的主人呢？……梦与力的中间！你用正直的穿线成坚韧的一环，希望与实行的调谐，用这线束制着，比量着，引长到无限的时与空，那'完成'全在你自己的手中。"

　　于是幸福展开它的笑颜，它再没有惶恐与忧虑了。

儿女

/

朱自清

　　我现在已是五个儿女的父亲了。想起圣陶喜欢用的"蜗牛背了壳"的比喻，便觉得不自在。新近一位亲戚嘲笑我说："要剥层皮呢！"更有些悚然了。十年前刚结婚的时候，在胡适之先生的《藏晖室札记》里，见过一条，说世界上有许多伟大的人物是不结婚的；文中并引培根的话："有妻子者，其命定矣。"当时确吃了一惊，仿佛梦醒一般；但是家里已是不由分说给娶了媳妇，又有甚么可说？现在是一个媳妇，跟着来了五个孩子；两个肩头上，加上这么重一副担子，真不知怎样走才好。"命定"是不用说了；从孩子们那一面说，他们该怎样长大，也正是可以忧虑的事。我是个彻头彻尾自私的人，做丈夫已是勉强，做父亲更是不成。自然，"子孙崇拜"，"儿童本位"的哲理或伦理，我也有些知道；既做着父亲，闭了眼抹杀孩子们的权利，知道是不行的。可惜这只是理论，实际上我是仍旧按照古老的传统，在野蛮地对付着，和普通的父亲一样。近来差不多是中年的人了，才渐渐觉得自己的残酷；想着孩子们受过的体罚和叱责，始终不能辩解——像抚摩着旧创痕那样，我的心酸溜溜的。有一回，读了有岛武郎《与

叁　日子总在盼望中过去

幼小者》的译文，对了那种伟大的、沉挚的态度，我竟流下泪来了。去年父亲来信，问起阿九，那时阿九还在白马湖呢；信上说："我没有耽误你，你也不要耽误他才好。"我为这句话哭了一场；我为什么不像父亲的仁慈？我不该忘记，父亲怎样待我们来着！人性许真是二元的，我是这样地矛盾；我的心像钟摆似的来去。

　　你读过鲁迅先生的《幸福的家庭》么？我的便是那一类的"幸福的家庭"！每天午饭和晚饭，就如两次潮水一般。先是孩子们你来他去地在厨房与饭间里查看，一面催我或妻发"开饭"的命令。急促繁碎的脚步，夹着笑和嚷，一阵阵袭来，直到命令发出为止。他们一递一个地跑着喊着，将命令传给厨房里佣人；便立刻抢着回来搬凳子。于是这个说，"我坐这儿！"那个说，"大哥不让我！"大哥却说，"小妹打我！"我给他们调解，说好话。但是他们有时候很固执，我有时候也不耐烦，这便用着叱责了；叱责还不行，不由自主地，我的沉重的手掌便到他们身上了。于是哭的哭，坐的坐，局面才算定了。接着可又你要大碗，他要小碗，你说红筷子好，他说黑筷子好；这个要干饭，那个要稀饭，要茶要汤，要鱼要肉，要豆腐，要萝卜；你说他菜多，他说你菜好。妻是照例安慰着他们，但这显然是太迂缓了。我是个暴躁的人，怎么等得及？不用说，用老法子将他们立刻征服了；虽然有哭的，不久也就抹着泪捧起碗了。吃完了，纷纷爬下凳子，桌上是饭粒呀，汤汁呀，骨头呀，渣滓呀，加上纵横的筷子，欹斜的匙子，就如一块花花绿绿的地图模型。吃饭而外，他们的大事便是游戏，游戏时，大的有大主意，小的有小主意，各自坚持不下，于是争执起来；或者大的欺负了小的，或者小的竟欺负了大的，被欺负的哭着嚷着，到我或妻的面前诉苦；我大抵仍旧要用老法子来判断的，但不理的时候也有。最为难的，是争夺玩具的时候：这一个的与那一个的是同样的东西，却偏要那一个的；而那一个便偏不答应。在这种情形之下，不论如何，终于是非哭了不可的。这些事件自然不至于天天全有，但大致总有好些起。我若坐在家里看书或写什么东西，管保一点钟里要分几回心，或站起来一两次的。若是雨天或礼拜日，孩子们在家的多，那么，摊开书竟看不下一行，提起笔也写不出一个字的事，也有过的。我常和妻说："我们家真是成日的千军万马呀！"有时是不但"成日"，连夜里也有兵马在进行着，在有吃乳或生病的孩子的时候！

　　我结婚那一年，才十九岁。二十一岁，有了阿九；二十三岁，又有了阿菜。那时我正像一匹野马，那能容忍这些累赘的鞍鞯、辔头，和缰绳？摆脱也知是不行的，但不自觉地时时在摆脱着。现在回想起来，那些日子，真苦了这两个孩子；真是难以宽宥的种种暴行呢！阿九才两岁半的样子，我们住在杭州的学校里。不知怎地，这孩子特别爱哭，又特别怕生人。一不见了母亲，或来了客，就哇哇地哭起来了。学校里住着许多人，我不能让他扰着他们，而客人也总是常有的；我懊恼极了，有一回，特地骗出了妻，关了门，将他按在地下打了一顿。这件事，妻到现在说起来，还觉得有些不忍；她说我的手太辣了，到底还是两岁半的孩子！

叁　日子总在盼望中过去

我近年常想着那时的光景，也觉黯然。阿菜在台州，那是更小了；才过了周岁，还不大会走路。也是为了缠着母亲的缘故吧，我将她紧紧地按在墙角里，直哭喊了三四分钟；因此生了好几天病。妻说，那时真寒心呢！但我的苦痛也是真的。我曾给圣陶写信，说孩子们的折磨，实在无法奈何；有时竟觉着还是自杀的好。这虽是气愤的话，但这样的心情，确也有过的。后来孩子是多起来了，磨折也磨折得久了，少年的锋棱渐渐地钝起来了；加以增长的年岁增长了理性的裁制力，我能够忍耐了——觉得从前真是一个"不成材的父亲"，如我给另一个朋友信里所说。但我的孩子们在幼小时，确比别人的特别不安静，我至今还觉如此。我想这大约还是由于我们抚育不得法；从前只一味地责备孩子，让他们代我们负起责任，却未免是可耻的残酷了！

正面意义的"幸福"，其实也未尝没有。正如谁所说，小的总是可爱，孩子们的小模样，小心眼儿，确有些教人舍不得的。阿毛现在五个月了，你用手指去拨弄她的下巴，或向她做趣脸，她便会张开没牙的嘴格格地笑，笑得像一朵正开的花。她不愿在屋里待着；待久了，便大声儿嚷。妻常说："姑娘又要出去溜达了。"她说她像鸟儿般，每天总得到外面溜一些时候。闰儿上个月刚过了三岁，笨得很，话还没有学好呢。他只能说三四个字的短语或句子，文法错误，发音模糊，又得费气力说出；我们老是要笑他的。他说"好"字，总变成"小"字；问他"好不好？"他便说"小"，或"不小"。我们常常逗着他说这个字玩儿；他似乎有些觉得，近来偶然也能说出正确的"好"字了——特别在我们故意说成"小"字的时候。他有一只搪瓷碗，是一毛来钱买的；买来时，老妈子教给他，"这是一毛钱。"他便记住"一毛"两个字，管那只碗叫"一毛"，有时竟省称为"毛"。这在新来的老妈子，是必需翻译了才懂的。他不好意思，或见着生客时，便咧着嘴痴笑；我们常用了土话，叫他作"呆瓜"。他是个小胖子，短短的腿，走起路来，蹒跚可笑；若快走或跑，便更"好看"了。他有时学我，将两手叠在背后，一摇一摆的；那是他自己和我们都要乐的。他的大姊便是阿菜，已是七岁多了，在小学校里念着书。在饭桌上，一定得啰啰唆唆地报告些同学或他们父母的事情；气喘喘地说着，不管你爱听不爱听。说完了总问我："爸爸认识么？""爸爸知道么？"妻常禁止她吃饭时说话，所以她总是问我。她的问题真多：看电影便问电影里的是不是人？是不是真人？怎么不说话？看照相也是一样。不知谁告诉她，兵是要打人的。她回来便问，兵是人么？为什么打人？近来大约听了先生的话，回来又问张作霖的兵是帮谁的？蒋介石的兵是不是帮我们的？诸如此类的问题，每天短不了，常常闹得我不知怎样答才行。她和闰儿在一处玩儿，一大一小，不很合式，老是吵着哭着。但合式的时候也有：譬如这个往床底下躲，那个便钻进去追着；这个钻出来，那个也跟着——从这个床到那个床，只听见笑着，嚷着，喘着，真如妻所说，像小狗似的。现在在京的，便只有这三个孩子；阿九和转儿是去年北来时，让母亲暂时带回扬州去了。

叁　日子总在盼望中过去

阿九是欢喜书的孩子。他爱看《水浒》《西游记》《三侠五义》《小朋友》等；没有事便捧着书坐着或躺着看。只不欢喜《红楼梦》，说是没有味儿。是的，《红楼梦》的味儿，一个十岁的孩子，哪里能领略呢？去年我们事实上只能带两个孩子来；因为他大些，而转儿是一直跟着祖母的，便在上海将他俩丢下。我清清楚楚记得那分别的一个早上。我领着阿九从二洋泾桥的旅馆出来，送他到母亲和转儿住着的亲戚家去。妻嘱咐说："买点吃的给他们吧。"我们走过四马路，到一家茶食铺里。阿九说要熏鱼，我给买了；又买了饼干，是给转儿的。便乘电车到海宁路。下车时，看着他的害怕与累赘，很觉恻然。到亲戚家，因为就要回旅馆收拾上船，只说了一两句话便出来；转儿望望我，没说什么，阿九是和祖母说什么去了。我回头看了他们一眼，硬着头皮走了。后来妻告诉我，阿九背地里向她说："我知道爸爸欢喜小妹，不带我上北京去。"其实这是冤枉的。他又曾和我们说："暑假时一定来接我啊！"我们当时答应着；但现在已是第二个暑假了，他们还在迢迢的扬州待着。他们是恨着我们呢？还是惦着我们呢？妻是一年来老放不下这两个，常常独自暗中流泪；但我有什么法子呢！想到"只为家贫成聚散"一句无名的诗，不禁有些凄然。转儿与我较生疏些。但去年离开白马湖时，她也曾用了生硬的扬州话（那时她还没有到过扬州呢），和那特别尖的小嗓子向着我："我要到北京去。"她晓得什么北京，只跟着大孩子们说罢了；但当时听着，现在想着的我，却真是抱歉呢。这兄妹俩离开我，原是常事，离开母亲，虽也有过一回，这回可是太长了；小小的心儿，知道是怎样忍耐那寂寞来着！

　　我的朋友大概都是爱孩子的。少谷有一回写信责备我，说儿女的吵闹，也是很有趣的，何至可厌到如我所说；他说他真不解。子恺为他家华瞻写的文章，真是"蔼然仁者之言"。圣陶也常常为孩子操心：小学毕业了，到什么中学好呢？——这样的话，他和我说过两三回了。我对他们只有惭愧！可是近来我也渐渐觉着自己的责任。我想，第一该将孩子们团聚起来，其次便该给他们些力量。我亲眼见过一个爱儿女的人，因为不曾好好地教育他们，便将他们荒废了。他并不是溺爱，只是没有耐心去料理他们，他们便不能成材了。我想我若照现在这样下去，孩子们也便危险了。**我得计划着，让他们渐渐知道怎样去做人才行**。但是要不要他们像我自己呢？这一层，我在白马湖教初中学生时，也曾从师生的立场上问过丏尊，他毫不踌躇地说："自然啰。"近来与平伯谈起教子，他却答得妙："总不希望比自己坏啰。"是的，只要不"比自己坏"就行，"像"不"像"倒是不在乎的。职业、人生观等，还是由他们自己去定的好；自己顶可贵，只要指导，帮助他们去发展自己，便是极贤明的办法。

　　予同说："我们得让子女在大学毕了业，才算尽了责任。"SK说："不然，要看我们的经济，他们的材质与志愿；若是中学毕了业，不能或不愿升学，便去做别的事，譬如做工人吧，那也并非不行的。"自然，人的好坏与成败，也不尽靠学校教育；说是非大学毕业不可，也许只是我们的偏见。在这件事上，我现在毫不能有一定的主意；特别是这个变动不居的时代，知道将来怎样？好在孩子们还小，将来的事且等将来吧。目前所能做的，只是培养他们基本的力量——胸襟与眼光；孩子们还是孩子们，自然说不上高的远的，慢慢从近处小处下手便了。这自然也只能先按照我

我得计划着，让他们渐渐知道怎样去做人才行

自己的样子："神而明之，存乎其人。"光辉也罢，倒楣也罢，平凡也罢，让他们各尽各的力去。我只希望如我所想的，从此好

好地做一回父亲，便自称心满意。——想到那"狂人""救救孩子"的呼声，我怎敢不悚然自勉呢？

礼物

/

李广田

现在是夜间，昭和小岫都已睡了。我虽然也有点儿睡意，却还不肯就睡，因为我还要补做一些工作。白天应当做的事情没有做完，便愿意晚上补做一点儿，不然，仿佛睡也睡不安适。说是忙，其实忙了些什么呢？不过总是自己逼着自己罢了。那么就开始工作吧，然而奇怪，在暗淡的油灯光下，面对着翻开来的书本，自己却又有点茫然的感觉。白天，有种种声音在周围喧闹着，喧闹得太厉害了，有时候自己就迷失在这喧闹中；而夜间，夜月又太寂静了，人又容易迷失在这寂静中。听，仿佛要在这静中听出一点动来，听出一点声音来。声音是有的，那就是梦中人的呼吸声，这声音是很细微的，然而又仿佛是很宏大的，这声音本来就在我的旁边，然而又仿佛是很远很远的，像水声，像潮水退了，留给我一片沙滩，这一片沙滩是非常广漠的，叫我不知道要向哪一个方向定会。这时候，自己是管不住自己的思想的，那么就一任自己的思想去想吧：小时候睡在祖母的身边，半夜里醒来听到一种极其沉重而又敏速的声音，仿佛有一极大的东西在那里旋转，连自己也旋转在里边了；长大起来就听人家告诉，说那就是地球运转的声音……这么一来，

活得通透　总有欢喜

我就回到了多少年前去了。

那时候，我初入师范学校读书。我的家距学校所在的省城有一百余里，在陆上走，是紧紧的一天路程，如坐小河的板船，就是两天的行程，因为下了小船之后还要赶半天旱路。我们乡下人是不喜欢出门的，能去一次省城回来就已经是惊天动地的了。有人从省城回来了，村子里便有小孩子吹起泥巴小狗或橡皮小鸡的哨子来，这真是把整个村子都吹得快乐了起来。"××从省里买来的！"小孩子吹着哨子高兴地说着。我到了省城，每年可回家两次，那就是寒假和暑假。每当我要由学校回家的时候。我就觉得非常恼火，半年不回家，如今要回去了，我将要以什么去换得弟弟妹妹们的一点欢喜？我没有钱，我不能买任何礼物，甚至连一个小玩具也不能买。然而弟弟妹妹们是将以极大的欢喜来欢迎我的，然而我呢，我两手空空。临放假的几天，许多同学都忙着买东西，成包的，成盒的，成罐的，成筒的，来往地提在手上，重叠地堆在屋里的，有些人又买了新帽子戴在头上，有些人又买了新鞋子穿在脚上……然而我呢，我什么也没有。但当我整理行囊，向字纸篓中丢弃碎纸时，我却有了新的发现：是一大堆已经干得像河流石子一般的白馒头。我知道这些东西的来源。在师范学校读书的学生们吃着公费的口粮，因为是公费，不必自己花钱，就可以自己费。为了便于在自己寝室中随时充饥，或为了在寝室中以公费的馒头来配合自己特备的丰美菜肴，于是每饭之后，必须偷回一些新的馒头来，虽然训导先生一再查禁也是无用。日子既久，存蓄自多，临走之前，便都一丢了之。我极不喜欢这件事，让这些东西丢弃也于心不忍，于是便拣了较好的带在自己行囊中。自然，这种事情都是在别人看不见的时候做的，倘若被别人看见，人家一定要笑我的。真的，万一被别人看见了，我将何以自解呢？我将说"我要带回家去给我那从小以大豆高粱充塞饥肠的弟弟妹妹们作为礼物"吗？我不会这么说，因为这么说就更可笑了。然而我幸而也不曾被人看见，我想，假设不是我现在用文字把这件事供出来，我那些已经显达了的或尚未显达的同窗们是永不会知道这事的。我带了我的行囊去搭小河上的板船。然而一到了河上，我又有了新的发现：河岸上很多贝壳，这些贝壳大小不等，颜色各殊，白的最多，也有些是微带红色或绿色的。我喜欢极了。我很大胆地捡拾了一些，并且在清流中把贝壳上的污迹和藻痕都洗刷净尽，于是贝壳都变成空明净洁的了，晾干之后，也就都放在行囊里。我说是"大胆地"捡拾，是的，一点也不错，我还怕什么呢？贝壳自然界的所有物，就如同在山野道旁摘一朵野花一样。谁还能管我呢，谁还能笑我呢？而且，不等人问，我就可以这么说："捡起来给小孩玩的，我们那里去海太远。"这么说着，我就坐在船舷上，看两岸山色，听水声橹声，**阳光照我，轻风吹我，我心里就快活了。**但这样的事情也不是每次都有，有时候空手回家了，我那老祖母就会偷偷地对我说："哪怕你在村子外面买一个烧饼，就说是省城带来的，孩子们也就不过分失望了！"后来到了我上大学的时候，我的情形可以说比较好了一些，由手到口，

阳光照我，轻风吹我，我心里就快活了

我可以管顾我自己了，但为了路途太远，回家的机会也就更少。我的祖母去世了，家里不告诉我，我也就不曾去送她老人家安葬。隔几年回家一次，弟弟妹妹都长大了，这时候我自然可以买一点礼物带回来了，然而父亲母亲却又说："以后回家不要买什么东西。吃的，玩的，能当了什么呢？等你将来毕了业，能赚钱时再说吧！"是的，等将来再说吧，那就是等到了现在。现在，我明明知道你们在痛苦生活中滚来滚去，然而我却毫无办法。我那小妹妹出嫁了。但当故乡沦丧那一年她也就结束了她的无花无果的一生。我那小

叁　日子总在盼望中过去

弟弟现在倒极强壮，他在故乡跑来跑去，仿佛在打游击。他隔几个月来一次信，但发信的地点总不一样。他最近的一封信上说："父亲虽然还健康，但总是老了，又因为近来家中负担太重，地里的粮食仅可糊口，捐税的款子无所出，就只有卖树，大树卖完了，再卖小树，……父亲有时痛心得糊糊涂涂的……"唉，痛心得糊糊涂涂的，又怎能不痛心呢？父亲从年青时候就喜欢种树，凡宅边，道旁，田间，冢上，凡有空隙处都种满了树，杨树、柳树、槐树、桃树，凡可以作木材的，可以开花结果子的，他都种。父亲人老了，树木也都大了，有的成了林子了。大革命前我因为不小心在专制军阀手中遭了一次祸，父亲就用他多少棵大树把我赎了回来。现在敌人侵略我们了，父亲的树怕要保不住了，我只担心将来连大豆高粱也不再够吃。不过我那弟弟又怕我担心，于是总在信上说："不要紧，我总能使父亲喜欢，我不叫他太忧愁，因为我心里总是充满了希望……"好吧，但愿能够如此。

灯光暗得厉害，我把油捻子向外提一下，于是屋子里又亮起来，我的心情也由暗淡而变得光明了些。我想完了上面那些事情，就又想起了另一件事，这却是今天早晨的事了，今天报载某某大资本家发表言论，他说他自己立下一个宏愿：将来抗战胜利之后他要捐出多少万万元，使全国各县份都有一个医院，以增进国民健康，复兴民族生命。抗战当然是要胜利的，我希望这位有钱的同胞不要存半点疑惑，你最好把你的钱就放在手边，等你一听说"抗战已经胜利了"，你就可以立刻拿出来。但我却又想了，抗战胜

—81—

利之后，我自己应当拿出点什么来贡献给国家呢？可是也不要忘记还有我自己的家，我也应当有点帮助。但我想来想去，我还是没有回答，我想，假设我有可以贡献的东西，哪怕是至微末的东西，哪怕只是一个贝壳或几块干粮，我还是现在就拿出来吧。

我又想到那个"女人与猫"的故事，因为警报时间走失了一只小猫，她就捉住"抗战"骂了一个痛快。

我又想起今天报上的消息：美日谈判之中总透露一些不好的气息，虽然××连发宣言；而依然在想以殖民地为饵而谋其自身的利益，总不肯马上拿出力量来，危险仍然是在我们这一方面的。我又想起今天午间我曾经把这话告诉那个"女人与猫"中的女人，并说："罗××说世界战争须至一九四三年底才能结束。"她说："说句汉奸言论吧，这个战我真抗够了！"仿佛这个"战"是她自己在"抗"着似的。

我想到这里不觉微笑了一下。我自然没有笑出声，因为夜太静了，我真怕弄出什么动静来。但使我吃了一惊的却是小岫的梦吃："爸爸，你给我……"她忽然这样喊了一句。我起来看了一下，她又睡熟了，脸上似乎带着微笑。她的母亲睡得更沉，她劳苦了一天，睡熟了，脸上也还是很辛苦的样子。我想起了那位日本作家所写的《小儿的睡相》："小儿的面颊，以健康和血气而鲜红。他的皮肤，没有为苦虑所刻成的一条皱纹。但在那不识不知的崇高的颜面全体之后，岂不就有可怕的黑暗的命运冷冷地，恶意地，窥伺着吗？"我不知道我的小孩在梦中向我要什么，我想假如你我都在梦中，那就好极了。在梦中，你什么都可以要；在梦中，我什么都可以大量地给。假如你明天早晨醒来，你一定又要问我："爸爸，过节啦，你送给我什么礼物呢？"那我就只好说："好吧，孩子，爸爸领你到绿草地里去摘红花，到河边上去拾花花石子吧。"

　　夜极静。但是我的心里只有点乱起来了，而且有渐渐烦躁起来的可能，推开要看的书，我也应该睡了。

大地震给我留下什么

/

冯骥才

　　在我私人的藏品中，有一个发黄而旧黯的信封，里面装着十几张大地震后化为废墟的照片，那曾是我的"家"；还有一页大地震当天的日历，薄薄的白纸上印着漆黑的字：1976 年 7 月 28 日。后边我再说这页日历和那些照片是怎么来的。现在只想说，每次打开这信封，我的心都会变得异样。

　　变得怎么异样？是过于沉重吗？是曾经的一种绝望又袭上心头吗？记得一位朋友知道我地震中家覆灭的经历，便问我："你有没有想到过死？哪怕一闪念？"我看了他一眼。显然这位朋友没有经过大地震——这种突然的大难降临是何感受。如果说绝望，那只是地震猛烈地摇晃四十秒钟的时间里。这次大地震的时间实在太长了。后来我楼下的邻居说，整个地动山摇的过程中我一直在喊，叫得很惨，像是在嚎，但我不知道自己在叫。

　　当时由于天气闷热，我睡在阁楼的地板上。在我被突如其来的狂跳的地面猛烈弹起的一瞬，完全出于本能扑向睡在小铁床上的儿子。我刚刚把儿子拉起来，小铁床的上半部就被一堆塌落的砖块压下去。如果我的动作慢一点，后果不堪设想。我紧抱着儿子，

叁 日子总在盼望中过去

试图翻过身把他压在身下，但已经没有可能。小铁床像大风大浪中的小船那般狂颠。屋顶老朽的木架发出嘎吱嘎吱可怕的巨响，顶上的砖瓦大雨一般落入屋中。我亲眼看见北边的山墙连同窗户像一面大帆飞落到深深的后胡同里。闪电般的地光照亮我房后那片老楼，它们全在狂抖，冒着烟土，声音震耳欲聋。然而，大地发疯似的摇晃不停，好像根本停不下来了，就像当时的"文革"①。我感到我的楼房马上会塌掉。睡在过道上的妻子此刻不知在哪里，我听不到她的呼叫。我感到儿子的双手死死地抓着我的肩背。那一刻，我感到了末日。

但就在这时，大地戛然而止，好像列车的急刹车。这一瞬的感觉极其奇妙，恐怖的一切突然消失，整个世界特别漆黑而且没有声音。我赶紧踹开盖在腿上的砖块跳下床，呼喊妻子。我听到了她的应答。原来她就在房门的门框下，趴在那里，门框保护了她。我忽然感到浑身热血沸腾，就像从地狱里逃出来，第一次强烈地充满再生的快感和求生的渴望。我大声叫着："快逃出去！"我怕地震再次袭来！

过道的楼顶已经塌下来。楼梯被柁架、檩木和乱砖塞住。我们拼力扒开一个出口，像老鼠那样钻出去，并迅速逃出这座只要再一震就可能垮掉的老楼。待跑出胡同，看到黑糊糊的街上全是惊魂未定而到处乱跑的人。许多人半裸着。他们也都是从死神手

---

① "文革"：即"文化大革命"，下同。——编者注

缝里侥幸的生还者。我抱着儿子，与妻子跑到街口一个开阔地，看看四周没有高楼和电线杆，比较安全，便从一家副食店门口拉来一个菜筐，反扣过来，叫妻儿坐在上边，便说："你们千万别走开，我去看看咱们两家的人。"

我跑回家去找自行车。邻居见我没有外裤，便给我一条带背带的工作裤。我腿长，裤子太短，两条腿露在外边。这时候什么也顾不得了，活着就是一切。我跨上车，去看父母与岳父岳母。车子拐到后街上，才知道这次地震的凶厉。窄窄的街面已经被地震扭曲变形，波浪般一起一伏，一些树木和电线杆横在街上，仿佛刚遭遇炮火的轰击。电全部中断，街两边漆黑的楼里发着呼叫。多亏昨晚我睡觉前没有摘下手表，抬起手腕看看表，大约是凌晨四时半。

幸好父母与岳父岳母都住在一楼，房子没坏，人都平安，他们都已经逃到比较宽阔的街上。待安顿好长辈，回到家时，已是清晨。见到妻子才彼此发现，我们的脸和胳膊全是黑的。原来地震时从屋顶落下来的陈年的灰尘，全落在脸上和身上。我将妻儿先送到一位朋友家。这家的主妇是妻子小学时的老师，与我们关系甚好。

这便又急匆匆跨上车，去看我的朋友们。

从清晨直到下午四时，一连去了十六家。都是平日要好的朋友。在"文革"那种清贫和苍白的日子，朋友是最重要的心灵财富了。此时相互看望，目的很简单，就是看人出没出事，只要人平安，谢天谢地，打个照面转身便走。我的朋友们都还算幸运，只有一位画画的朋友后腰被砸伤，其他人全都逃过这一劫。一路上，看到不少尸首身上盖一块被单停放在道边，我已经搞不清自己到底是怎样还活在这世上的。

中午骑车在道上，我被一些穿白大褂的人拦住，他们是来自医院的志愿者，正忙着在街头设立救护站。经他们告诉，我才知道自己的双腿都被砸伤，有的地方还在淌血。护士给我消毒后涂上紫药水，双腿花花的，看上去很像个挂了彩的伤员。这样，在路上再遇到的朋友和熟人，得知我的家已经完了，都毫不犹豫地从口袋掏出钱来。若是不要是不可能的！他们硬把钱塞到我借穿的那件工作服胸前的小口袋里。那时的人钱很少，有的一两块，多的三五块。我的朋友多，胸前的钱塞得愈来愈鼓。大地震后这天奇热，跑了一天，满身的汗，下午回来时塞在口袋里的钱便紧紧粘成一个硬邦邦拳头大的球儿。掏出来掰开，和妻子数一数，竟有七十一元，整个"文革"十年我从来没有这么巨大的收入。我被深深地打动！当时谁给了我几块钱，我都记得清清楚楚；现在事过三十年，已经记不清是哪些人，还有那些名字，却记得人间真正的财富是什么，而且这财富藏在哪里，究竟什么时候它才会出现。

画家尼玛泽仁曾经对我说：在西藏那块土地上，人生存起来太艰难了。它贫瘠、缺氧、闭塞。但藏民①靠着什么坚韧地活下来

---

① 藏民：即藏族人民。——编者注。

的呢？靠着一种精神，靠着信仰与心灵。

个人对信念的恪守和彼此间心灵的抚慰。

大地震是"文革"终结前最后的一场灾难。它在人祸中加入天灾，把人们无情地推向深渊的极致。然而，支撑着我们活下来的，不正是一种对春天回归的向往、求生的本能以及人间相互的扶持与慰藉吗？在我本人几十年种种困苦与艰难中，不是总有一只又一只热乎乎、有力的手不期而至地伸到眼前？

我相信，真正的冰冷在世上，真正的温暖在人间。

我相信，真正的冰冷在世上，真正的温暖在人间

叁　日子总在盼望中过去

　　大地震后的第三天，我鼓起勇气，冒着频频不绝的余震，爬上我家那座危楼。我惊奇地发现，隔壁巨大而沉重的烟囱竟在我的屋子中央，它到底是怎样飞进来的？然而我首先要做的，不是找寻衣物。我已经历了两次一无所有。一次是"文革"的扫地出门，一次是这次大地震。我对财物有种轻蔑感。此刻，我只是举着一台借来的海鸥牌相机，把所有真实的景象全部记录下来。此时，忽见一堵残墙上还垂挂着一本日历。日历那页正是地震的日子。我把它扯下来，一直珍存到今天。

　　我要留住这一天。人生有些日子是要设法留住的。因为在这种日子里，总是在失去很多东西的同时，得到更多的——关键是我们是否能够看到。如果看到了它，就会被它更正对人生的看法并因之受益一生。

肆 人间久别不同悲

跋涉的挂虑使我失去了眼界的辽阔和余暇的寄托。我的意思是说，自从我怕走漫漫的长途而移居到这中区的最高一条街以来，我便不再能天天望见大海，不再拥有一个小圃了。

——戴望舒

风筝

/

鲁迅

北京的冬季，地上还有积雪，灰黑色的秃树枝丫叉于晴朗的天空中，而远处有一二风筝浮动，在我是一种惊异和悲哀。

故乡的风筝时节，是春二月，倘听到沙沙的风轮声，仰头便能看见一个淡墨色的蟹风筝或嫩蓝色的蜈蚣风筝。还有寂寞的瓦片风筝，没有风轮，又放得很低，伶仃地显出憔悴可怜模样。但此时地上的杨柳已经发芽，早的山桃也多吐蕾，和孩子们的天上的点缀相照应，打成一片春日的温和。我现在在那里呢？四面都还是严冬的肃杀，而久经诀别的故乡的久经逝去的春天，却就在这天空中荡漾了。

但我是向来不爱放风筝的，不但不爱，并且嫌恶他，因为我以为这是没出息孩子所做的玩艺。和我相反的是我的小兄弟，他那时大概十岁内外罢，多病，瘦得不堪，然而最喜欢风筝，自己买不起，我又不许放，他只得张着小嘴，呆看着空中出神，有时至于小半日。远处的蟹风筝突然落下来了，他惊呼；两个瓦片风筝的缠绕解开了，他高兴得跳跃。他的这些，在我看来都是笑柄，可鄙的。

有一天，我忽然想起，似乎多日不很看见他了，但记得曾见他在后园拾枯竹。我恍然大悟似的，便跑向少有人去的一间堆积杂物的小屋去，推开门，果然就在尘封的什物堆中发现了他。他向着大方凳，坐在小凳上；便很惊惶地站了起来，失了色瑟缩着。大方凳旁靠着一个胡蝶风筝的竹骨，还没有糊上纸，凳上是一对做眼睛用的小风轮，正用红纸条装饰着，将要完工了。我在破获秘密的满足中，又很愤怒他的瞒了我的眼睛，这样苦心孤诣地来偷做没出息孩子的玩艺。我即刻伸手折断了胡蝶的一支翅骨，又将风轮掷在地下，踏扁了。论长幼，论力气，他是都敌不过我的，我当然得到完全的胜利，于是傲然走出，留他绝望地站在小屋里。后来他怎样，我不知道，也没有留心。

然而我的惩罚终于轮到了，在我们离别得很久之后，我已经是中年。我不幸偶而看了一本外国的讲论儿童的书，才知道游戏是儿童最正当的行为，**玩具是儿童的天使**。于是二十年来毫不忆及的幼小时候对于精神的虐杀的这一幕，忽地在眼前展开，而我的心也仿佛同时变了铅块，很重很重的堕下去了。

但心又不竟堕下去而至于断绝，他只是很重很重地堕着，堕着。

我也知道补过的方法的：送他风筝，赞成他放，劝他放，我和他一同放。我们嚷着，跑着，笑着。——然而他其时已经和我一样，早已有了胡子了。

我也知道还有一个补过的方法的：去讨他的宽恕，等他说："我可是毫不怪你呵。"那么，我的心一定就轻松了，这确是一个可行的方法。有一回，我们会面的时候，是脸上都已添刻了许多"生"的辛苦的条纹，而我的心很沉重。我们渐渐谈起儿时的旧事来，我便叙述到这一节，自说少年时代的胡涂。"我可是毫不怪你呵。"我想，他要说了，我即刻便受了宽恕，我的心从此也宽松了罢。

"有过这样的事么？"他惊异地笑着说，就像旁听着别人的故事一样。他什么也不记得了。

全然忘却，毫无怨恨，又有什么宽恕之可言呢？无怨的恕，说谎罢了。

我还能希求什么呢？我的心只得沉重着。

现在，故乡的春天又在这异地的空中了，既给我久经逝去的儿时的回忆，而一并也带着无可把握的悲哀。我倒不如躲到肃杀的严冬中去罢，——但是，四面又明明是严冬，正给我非常的寒威和冷气。

玩具是儿童的天使

故乡的杨梅

/

鲁彦

过完了长期的蛰伏生活，眼看着新黄嫩绿的春天爬上了枯枝，正欣喜着想跑到大自然的怀中，发泄胸中的郁抑，却忽然病了。

唉，忽然病了。

我这粗壮的躯壳，不知道经过了多少炎夏和严冬，被轮船和火车抛掷过多少次海角与天涯，尝受过多少辛劳与艰苦，从来不知道颤栗或疲倦的呵，现在却呆木地躺在床上，不能随意的转侧了。

尤其是这躯壳内的这一颗心。它历年可是铁一样的。对着眼前的艰苦，它不会畏缩；对着未来的憧憬，它不肯绝望；对着过去的痛苦，它不愿回忆的呵，然而现在，它却尽管凄凉地往复地想了。

唉，唉，可悲呵，这病着的躯壳的病着的心。

尤其是对着这细雨连绵的春天。

这雨，落在西北，可不全像江南的故乡的雨吗？细细的，丝一样，若断若续的。

故乡的雨，故乡的天，故乡的山河和田野……还有那蔚蓝中衬着整齐的金黄的菜花的春天，藤黄的稻穗带着可爱的气息的夏天，

肆　人间久别不同悲

蟋蟀和纺织娘们在濡湿的草中唱着诗的秋天，小船吱吱地触着沉默的薄冰的冬天……还有那熟识的道路，还有那亲密的故居……

不，不，我不想这些，我现在不能回去，而且是病着，我得让我的心平静；恢复我过去的铁一般的坚硬，告诉自己：这雨是落在西北，不是故乡的雨——而且不像春天的雨，却像夏天的雨。

不要那样想吧，我的可怜的心呵，我的头正像夏天的烈日下的汽油缸，将要炸裂了，我的嘴唇正干燥得将要迸出火花来了呢。让这夏天的雨来压下我头部的炎热，让……让……唉，唉，就说是故乡的杨梅吧……它正是在类似这样的雨天成熟的呵。

故乡的食物，我没有比这更喜欢的了。倘若我爱故乡，不如就说我完全是爱的这叫做杨梅的果子吧。

呵，相思的杨梅！它有着多么惊异的形状，**多么可爱的颜色，多么甜美的滋味呀**。

它是圆的，和大的龙眼一样大小，远看并不稀奇，拿到手里，原来它是遍身生着刺的哩。这并非是它的壳，这就是它的肉。不知道的人，一定以为这满身生着刺的果子是不能进口的了，否则也须用什么刀子削去那刺的尖端的吧？然而这是过虑。它原来是希望人家爱它吃它的。只要等它渐渐长熟，它的刺也渐渐软了，平了。那时放到嘴里，软滑之外还带着什么感觉呢？

没有人能想得到，它还保存着它的特点，每一根刺平滑地在舌尖上触了过去，细腻柔软而且亲切——这好比最甜蜜的吻，使人迷醉呵。

多么可爱的颜色，多么甜美的滋味呀

颜色更可爱呢。它最先是淡红的，像娇嫩的婴儿的面颊，随后变成了深红，像是处女的害羞，最后黑红了——不，我们说它是黑的。然而它并不是黑，也不是黑红，原来是红的。太红了，所以像是黑。轻轻地啄开它，我们就看见了那新鲜红嫩的内部，同时我们已染上了一嘴的红水。说它新鲜红嫩，有的人也许以为一定像贵妃的肉色似的荔枝吧？嗳，那就错了。荔枝的光色是呆板的，像玻璃，像鱼目；杨梅的光色却是生动的，像映着朝霞的露水呢。

　　滋味吗？没有十分成熟是酸带甜，成熟了便单是甜。这甜味可决不使人讨厌，不但爱吃甜味的人尝了一下舍不得丢掉，就连不爱吃甜味的人也会完全给它吸引住，越吃越爱吃。它是甜的，然而又依然是酸的。而这酸味，我们须待吃饱了杨梅以后，再吃别的东西的时候，才能领会得到。那时我们才知道自己的牙齿酸了，软了，连豆腐也咬不下了，于是我们才恍然悟到刚才吃多了酸的杨梅。我们知道这个，然而我们仍然爱它，我们仍须吃一个大饱。它真是世上最迷人的东西。

　　唉，唉，故乡的杨梅呵。

　　细雨如丝的时节，人家把它一船一船地载来，一担一担地挑来，我们一篮一篮地买了进来，挂一篮在檐口下，放一篮在水缸盖上，倒上一脸盆，用冷水一洗，一颗一颗地放进嘴里，一面还没有吃了，一面又早已从脸盆里拿起了一颗，一口气吃了一二十颗，有时来不及把它的核一一吐出来，便一直吞进了肚里。

　　"生了虫呢……蛇吃过了呢……"母亲看见我们吃得快，吃得多，便这样的说了起来，要我们仔细地看一看，多多地洗一番。

　　但我们并不管这些，它成了我们的生命，我们越吃越快了。

　　"好吃，好吃，"我们心里这样想着，嘴里却没有余暇说话，待肚子胀上加胀，胀上加胀，眼看着一脸盆的杨梅吃得一颗也不留，这才呆笨地挺着肚子，走了开去，叹气似的嘘出一声"咳"来……唉，可爱的故乡的杨梅呵。

　　一年，二年……我已有十六七年不曾尝到它的滋味了。偶而回到故乡，不是在严寒的冬天，便是在酷热的夏天，或者杨梅还未成熟，或者杨梅已经落完了。这中间，曾经有两次，在异地见到过杨梅，比故乡的小，比故乡的酸，颜色又不及故乡的红。我想回味过去，把它买了许多来。

　　"长在树上，有虫爬过，有蛇吃过呢……"

　　我现在成了大人，有了知识，爱惜自己的生命甚于杨梅了。

　　我用沸滚的开水去细细的洗杨梅，觉得还不够消除那上面的微菌似的。

　　于是它不但更不像故乡的，简直不是杨梅了。我只尝了一二颗，便不再吃下去。

　　最后一次我终于在离故乡不远的地方见到了可爱的故乡的杨梅。

　　然而又因为我成了大人，有了知识，爱惜自己的生命甚于杨梅，偶然发现一条小虫，也就拒绝了回味的欢愉。

　　现在我的味觉也显然改变了，即使回到故乡，遇到细雨如丝的杨梅时节，即使并不害怕从前的那种吃法，我的舌头应该感觉不出从前的那种美味了，我的牙齿应该不能像从前似的能够容忍那酸性了。

　　唉，故乡离开我愈远了。

　　我们中间横着许多鸿沟。那不是千万里的山河的阻隔，那是……

　　唉，唉，我到底病了。我为什么要想到这些呢？

　　看呵，这眼前的如丝的细雨，不是若断若续地落在西北的春天里吗？

论吃饭

/

朱自清

　　我们有自古流传的两句话：一是"衣食足则知荣辱"，见于《管子·牧民篇》，一是"民以食为天"，是汉朝郦食其说的。这些都是从实际政治上认出了民食的基本性，也就是说从人民方面看，吃饭第一。另一方面，告子说，"食色，性也"，是从人生哲学上肯定了食是生活的两大基本要求之一。《礼记·礼运篇》也说到"饮食男女，人之大欲存焉"，这更明白。照后面这两句话，吃饭和性欲是同等重要的，可是照这两句话里的次序，"食"或"饮食"都在前头，所以还是吃饭第一。

　　这吃饭第一的道理，一般社会似乎也都默认。虽然历史上没有明白的记载，但是近代的情形，据我们的耳闻目见，似乎足以教我们相信从古如此。例如苏北的饥民群到江南就食，差不多年年有。最近天津《大公报》登载的费孝通先生的《不是崩溃是瘫痪》一文中就提到这个。这些难民虽然让人们讨厌，可是得给他们饭吃。给他们饭吃固然也有一二成出于慈善心，就是恻隐心，但是八九成是怕他们，怕他们铤而走险，"小人穷斯滥矣"，什么事做不出来！给他们饭吃，江南人算是认了。

　　可是法律管不着他们吗？官儿管不着他们吗？干吗要怕要认呢？可是法律不外乎人情，没饭吃要吃饭是人情，人情不是法律和官儿压得下的。没饭吃会饿死，严刑峻罚大不了也只是个死，这是一群人，群就是力量：谁怕谁！在怕的倒是那些有饭吃的人们，他们没奈何只得认点儿。所谓人情，就是自然的需求，就是基本的欲望，其实也就是基本的权利。但是饥民群还不自觉有这种权利，一般社会也还不会认清他们有这种权利；饥民群只是冲动的要吃饭，而一般社会给他们饭吃，也只是默认了他们的道理，**这道理就是吃饭第一。**

　　三十年夏天笔者在成都住家，知道了所谓"吃大户"的情形。那正是青黄不接的时候，天又干，米粮大涨价，并且不容易买到手。于是乎一群一群的贫民一面抢米仓，一面"吃大户"。他们开进大户人家，让他们煮出饭来吃了就走。这叫作"吃大户"。"吃大户"是和平的

这道理就是吃饭第一

手段，照惯例是不能拒绝的，虽然被吃的人家不乐意。当然真正有势力的尤其有枪杆的大户，穷人们也识相，是不敢去吃的。敢去吃的那些大户，被吃了也只好认了。那回一直这样吃了两三天，地面上一面赶办平粜，一面严令禁止，才打住了。据说这"吃大户"是古风；那么上文说的饥民就食，该更是古风罢。

　　但是儒家对于吃饭却另有标准。孔子认为政治的信用比民食更重，孟子倒是以民食为仁政的根本；这因为春秋时代不必争取人民，战国时代就非争取人民不可。然而他们论到士人，却都将吃饭看作一个不足重轻的项目。孔子说，"君子固穷"，说吃粗饭，喝冷水，"乐在其中"，又称赞颜回吃喝不够，"不改其乐"。道学家称这种乐处为"孔颜乐处"，他们教人"寻孔颜乐处"，学习这种为理想而忍饥挨饿的精神。这理想就是孟子说的"穷则独善其身，达则兼善天下"，也就是所谓"节"和"道"。孟子一方面不赞成告子说的"食色，性也"，一方面在论"大丈夫"的时候列入了"贫贱不能移"一个条件。战国时代的"大丈夫"，相当于春秋时的"君子"，都是治人的劳心的人。这些人虽然也有饿饭的时候，但是一朝得了时，吃饭是不成问题的，不像小民往往一辈子为了吃饭而挣扎着。因此士人就不难将道和节放在第一，而认为吃饭好像是一个不足重轻的项目了。

　　伯夷、叔齐据说反对周武王伐纣，认为以臣伐君，因此不食周粟，饿死在首阳山。这也是只顾理想的节而不顾吃饭的。配合着儒家的理论，伯夷、叔齐成为士人立身的一种特殊的标准。所

肆　人间久别不同悲

谓特殊的标准就是理想的最高的标准；士人虽然不一定人人都要做到这地步，但是能够做到这地步最好。

经过宋朝道学家的提倡，这标准更成了一般的标准，士人连妇女都要做到这地步。这就是所谓"饿死事小，失节事大"。这句话原来是论妇女的，后来却扩而充之普遍应用起来，造成了无数的惨酷的愚蠢的殉节事件。这正是"吃人的礼教"。人不吃饭，礼教吃人，到了这地步总是不合理的。

士人对于吃饭却还有另一种实际的看法。北宋的宋郊、宋祁兄弟俩都做了大官，住宅挨着。宋祁那边常常宴会歌舞，宋郊听不下去，教人和他弟弟说，问他还记得当年在和尚庙里咬菜根否？宋祁却答得妙：请问当年咬菜根是为什么来着！这正是所谓"吃得苦中苦，方为人上人"。做了"人上人"，吃得好，穿得好，玩儿得好；"兼善天下"于是成了个幌子。照这个看法，忍饥挨饿或者吃粗饭、喝冷水，只是为了有朝一日可以大吃大喝，痛快的玩儿。吃饭第一原是人情，大多数士人恐怕正是这么在想。不过宋郊、宋祁的时代，道学刚起头，所以宋祁还敢公然表示他的享乐主义；后来士人的地位增进，责任加重，道学的严格的标准掩护着也约束着在治者地位的士人，他们大多数心里尽管那么在想，嘴里却就不敢说出。嘴里虽然不敢说出，可是实际上往往还是在享乐着。于是他们多吃多喝，就有了少吃少喝的人；这少吃少喝的自然是被治的广大的民众。

民众，尤其农民，大多数是听天由命安分守己的，他们惯于忍饥挨饿，几千年来都如此。除非到了最后关头，他们是不会行动的。他们到别处就食，抢米，吃大户，甚至于造反，都是被逼得无路可走才如此。这里可以注意的是他们不说话；"不得了"就行动，忍得住就沉默。他们要饭吃，却不知道自己应该有饭吃；他们行动，却觉得这种行动是不合法的，所以就索性不说什么话。说话的还是士人。他们由于印刷的发明和教育的发展等等，人数加多了，吃饭的机会可并不加多，于是许多人也感到吃饭难了。这就有了"世上无如吃饭难"的慨叹。虽然难，比起小民来还是容易。因为他们究竟属于治者，"百足之虫，死而不僵"，有的是做官的本家和亲戚朋友，总得给口饭吃；这饭并且总比小民吃的好。孟子说做官可以让"所识穷乏者得我"，自古以来做了官就有引用穷本家穷亲戚穷朋友的义务。到了民国，黎元洪总统更提出了"有饭大家吃"的话。这真是"菩萨"心肠，可是当时只当作笑话。原来这句话说在一位总统嘴里，就是贤愚不分，赏罚不明，就是糊涂。然而到了那时候，这句话却已经藏在差不多每一个士人的心里。难得的倒是这糊涂！

　　第一次世界大战加上五四运动，带来了一连串的变化，中华民国在一颠一拐地走着之字路，走向现代化了。我们有了知识阶级，也有了劳动阶级，有了索薪，也有了罢工，这些都在要求"有饭大家吃"。知识阶级改变了士人的面目，劳动阶级改变了小民的面目，他们开始了集体的行动；他们不能再安贫乐道了，也不能再安分守己了，他们认出了吃饭是天赋人权，公开地要饭吃，

肆 人间久别不同悲

不是大吃大喝，是够吃够喝，甚至于只要有吃有喝。然而这还只是刚起头。到了这次世界大战当中，罗斯福总统提出了四大自由，第四项是"免于匮乏的自由"。"匮乏"自然以没饭吃为首，人们至少该有免于没饭吃的自由。这就加强了人民的吃饭权，也肯定了人民的吃饭的要求；这也是"有饭大家吃"，但是着眼在平民，在全民，意义大不同了。

抗战胜利后的中国，想不到吃饭更难，没饭吃的也更多了。到了今天一般人民真是不得了，再也忍不住了，吃不饱甚至没饭吃，什么礼义什么文化都说不上。这日子就是不知道吃饭权也会起来行动了，知道了吃饭权的，更怎么能够不起来行动，要求这种"免于匮乏的自由"呢？于是学生写出"饥饿事大，读书事小"的标语，工人喊出"我们要吃饭"的口号。这是我们历史上第一回一般人民公开的承认了吃饭第一。这其实比闷在心里糊涂的骚动好得多；这是集体的要求，集体是有组织的，有组织就不容易大乱了。可是有组织也不容易散；人情加上人权，这集体的行动是压不下也打不散的，直到大家有饭吃的那一天。

柳叶桃

/

李广田

今天提笔，我心里有说不出的奇怪感觉。我仿佛觉得高兴，因为我解答了多年前未能解答且久已忘怀了的一个问题，虽然这问题也并不关系我们自己，而且我可以供给你一件材料，因为你随时随地总喜欢捕捉这类事情，再去编织你的美丽故事；但同时我又仿佛觉得有些烦忧，因为这事情本身就是一件令人不快的事实。我简直不知道从何说起。

说起来已是十几年前的事了。那时候我们为一些五颜六色的奇梦所吸引，在×城中过着浪漫日子，尽日只盼望有一阵妖风把我们吹送到另一地域。

你大概还记得当年我们赁居的那院子，也该记得在我们对面住着的是一个已经衰落了的富贵门户，那么你一定更不会忘记那门户中的一个美丽女人。让我来重新提醒你一下也许好些：那女子也不过二十四五岁年纪，娇柔，安详，衣服并不华丽，好像只是一身水青，我此刻很难把她描画清楚，但记得她一身上下很调匀，而处处都与她那并不十分白皙的面孔极相称。我们遇见这个女子是一件极偶然的事情。我们在两天之内见过她三次。每次都见她拿一包点心，或几个糖果，急急忙忙走到我们院子里喊道：

"我的孩子呢？好孩子，放学回来了么？回来了应该吃点东西。"

我们觉得奇怪，我们又不好意思向人问讯。只听见房东太太很不高兴地喊道：

"倒霉呀！这个该死的疯婆子，她把我家哥儿当作她儿子，她想孩子想疯了！"

第三天我们便离开了这个住处，临走的时候你还不住地纳闷道：

"怎么回事？那个女人是怎么回事呢？"

真想不到，十余年后方打开了这个葫芦。

这女子生在一个贫寒的农人家里。不知因为什么缘故，从小就被送到一个戏班子里学戏。到得二十岁左右，已经能每月拿到百十元报酬，在 × 城中一个大戏院里以头等花衫而知名了。在 × 城演出不到一年工夫，便同一个姓秦的少年结识。在秘密中过了些日子之后，她竟被这秦姓少年用了两千块钱作为赎价，把她从舞台上接到了自己家中。这里所说的这秦姓的家，便是当年我们的对面那人家了。

这是一个颇不平常的变化吧，是不是？虽然这女人是生在一个种田人家，然既已经过了这样久的舞台生活——你知道一般戏子是过着什么生活的，尤其是女戏子——怕不是一只山林中野禽所可比拟的了，此后她却被囚禁在一个坚固的笼子里，何况那个笼子里是没有温暖的阳光和可口的饮食的，因为她在这里是以第三号姨太太的地位而存在着，而且那位掌理家中钱财并管束自己丈夫的二姨奶奶又是一个最缺乏人性的悍妇，当然不会有什么好脸面赏给这个女戏子的。你看到这里时你将作何感想呢？我问你，你是不是认为她会对这个花了两千块钱的男子冷淡起来，而且愤怒起来？而且她将在这个家庭中做出种种不规矩的事体，像一个野禽要挣脱出樊笼？假如你这样想法，你就错了。这女子完全由于别人的安排而走上这么一种命途，然而她的生活环境却不曾磨损了她天生的好性情：她和平，她安详，她正直而忍让，正如我们最初看见她时的印象相同。这秦姓人家原先是一个富贵门第，到这时虽已衰落殆尽了；然而一切地方还都保持着旧日的架子。这女人便在这情形下过着奴隶不如的生活。她在重重压迫之下忍耐着，而且渴望着，渴望自己能为这秦姓人家养出一个继承香烟的小人儿：为了这个，这秦姓男子才肯把她买到家来；为了这个，那位最缺乏人性的二姨奶奶才肯让这么一个女戏子陪伴自己丈夫；然而终究还是为了这个，二姨奶奶最讨厌女戏子，而且永远在这个女戏子身上施行虐待。当这个女戏子初次被接到家中来时，她参见了二姨奶奶，并且先以最恭敬的态度说道：

"给姨奶奶磕头。——我什么都不懂得，一切都希望姨奶奶指教哩。"

说着便双膝跪下去了，然而那位二姨奶奶却厉色道：

"你觉得该磕便磕，不该磕便罢，我却不会还礼！"

肆　人间久别不同悲

女戏子不再言语，只好站起来回头偷洒两眼泪了。从这第一日起，她就已经知道她所遭遇的新命运了。于是她服从着，隐忍着，而且渴望着，祷告着，计算着什么时候她可以生得一个孩子，那时也许就是出头之日了。——她自己在心里这么思忖。无奈已忍耐到一年光景了，却还不见自己身上有什么变化。她自己也悲观了，她自己知道自己是一株不结果子的草花，虽然鲜艳美丽，也不会取得主人的欢心，因为她的主人所要的不是好花而是果实。当希望失掉时，同时也失掉了忍耐。虽非完全出于自己心愿，她终于被那个最缺乏人性的二姨奶奶迫回乡下的父亲家里去了。她逃出这座囚宠以后，也绝不想再回到舞台去，也不想用不正当的方法使自己快乐，却自己关在家里学着纺线，织布，编带子，打钱袋，由年老的父亲拿到市上去换钱来度着艰苦日子。

写到这里，我几乎忘记是在对你说话了。我有许多题外话要对你说，现在就拣要紧的顺便在这儿说了吧，免得回头又要忘掉。假如你想把这件事编成一篇小说——如果这材料有编成小说的可能——你必须想种种方法把许多空白填补起来，必须设法使它结构严密。我的意思是说，我这里所写的不过是一个简单的报告，而且有些事情是我所不能完全知道的，有些情节，就连那个告诉我这事情的人也不甚清楚，我把这些都留给你的想象去安排好了。

我缺乏想象，而且我也不应当胡乱去揣度，更不必向你去瞎说。譬如这个女戏子——我还忘记告诉你，这女人在那姓秦的家里是被人当面呼作"女戏子"的，除却那个姓秦的男子自己——譬如她回到乡下的父亲家里的详细情形，以及她在父亲家里度过两年之后又如何回到了秦姓家里等经过，我都没有方法很确实地告诉你。但我愿意给你一些提示，也许对你有些好处。那个当面向我告诉这事情的人谈到这里时也只是说：

"多奇怪！她回到父亲家里竟是非常安静，她在艰苦忍耐中度日子，她把外人的嗤笑当作听不见。再说那位二姨奶奶和无主张的少爷呢，时间在他们性情上给了不少变化，他们没有儿子，他们还在盼着。二姨奶奶当初最恨女戏子，时间也逐渐减少了她的厌恨。当然，少爷私心里是不能不思念那个女戏子的，而且他们又不能不想到那女戏子是两千块钱的交易品。种种原因的凑合，隔不到两年工夫，女戏子又被接到 × 城的家里来了。你猜怎样？你想她回来之后应当受什么看待？"我被三番两次地追问着。"二姨奶奶肯允许把女戏子接回来已经是天大的怪事了，接了来而又施以虐待，而且比从前更虐待得厉害，仿佛是为了给以要命的虐待而才再接回来似的，才真是更可怪的事情呢！像二姨奶奶那样人真无理可讲！"

总之，这女戏子是又被接到秦家来了。初回来时也还风平浪静，但过不到半月工夫，便是旧恨添新恨，左一个"女戏子"右一个"女戏子"地骂着，女戏子便又恢复了奴隶不如的生活。一切最辛苦最龌龊的事情都由她来做，然而白日只吃得一碗冷饭，晚上却连一点灯火也不许点。男主人屈服在二姨奶奶的专横之下，对一切事情都不敢加一句可否，二姨奶奶看透了这个女戏子的弱点——

她忠厚，她忍耐，于是便尽可能地在她的弱点上施以横暴。可怜这个女戏子不接近男人则已，一接近到男人便是死灰复燃，她又在做着好梦，**她知道她还年轻，她知道她还美丽**，她仍希望能从自己身上结出一颗果子来。希望与痛苦同时在她身上鞭打着，她的身体失掉了健康，她的脑子也失掉了主宰。女人身上所特有的一个血的源泉已告枯竭，然而她不知道这是致命的病症，却认为这是自己身中含育了一颗种子的征候。她疯了。她看见人家的小孩子便招呼"我的儿子"，又常常如白昼见鬼般

她知道她还年轻，她知道她还美丽

说她的儿子在外边叫娘。你知道当年我们赁居的那人家是有一个小孩子的，这便是她拿着点心糖果等曾到我们那住所去的原因了。她把那个小孩子当作她的儿子，于是惹得我们的房东太太笑骂不得。假设我们当时不曾离开那个住所，我们一定可以看见那女戏

子几次，说不定我们还能看见她的下场呢。

是柳叶桃开花的时候。

这秦姓人家有满院子柳叶桃。柳叶桃开得正好了，红花衬着绿叶，满院子开得好不热闹。这些柳叶桃是这人家的前一世人培植起来的，种花人谢世之后，接着就是这家业的衰谢。你知道，已经衰落了的人家是不会有人再培植花草的，然而偏偏又遇到了这么一个女戏子，她爱花，她不惜劳，她肯在奴隶生活中照顾这些柳叶桃。她平素就喜欢独自在花下坐，她脑子失掉了正常主宰时也还喜欢在花下徘徊。这时候家庭中已经没有人理会她了。她每天只从厨房里领到一份冷饭，也许她不饿，也许饿了也不食，却一味用两手在饭碗里乱搅。她有时候出门找人家小孩叫"我的儿子"，有时候坐在自己屋里说鬼话，有时竟自己唱起戏来了——你不要忘记她是一个已经成名的花衫——她诅咒她自己的命运，她埋怨那个秦姓的男子，她时常用了尖锐的声音重复唱道：

王公子，一家多和顺，我与他露水夫妻——有的什么情……

其余的时间便是在柳叶桃下徘徊了。她在花下叹息着，哭着，有时苦笑着，有时又不断地自言自语道：

"柳叶桃，开得一身好花儿，为什么却永不结一个果子呢？……"

她常常这样自己追问着。她每天把新开的红花插了满头，然后跑到自己屋里满脸涂些脂粉，并将自己箱笼中较好的衣服都重重叠叠穿在身上，于是兀自坐在床上沉默去了。她会坐了很久的时间没有声息，但又会忽然用尖锐的声音高唱起来。有时又忽然显出恐惧的样子，她不断地向各处张望着，仿佛唯恐别人看见似的，急急忙忙跑到柳叶桃下，把头上的花一朵一朵摘卸下来，再用针线向花枝上连缀，意思是要把已被折掉的花朵再重生在花枝上。

她用颤抖的手指缠着缝着，接着，同时又用了痴呆的眼睛向四下张望着。结果是弄得满地落花，连枝上的花也都变成枯萎的了，而自己还自言自语地问着：

"柳叶桃，开得一身好花儿，为什么却结不出一个果子呢？……"

她一连七八日不曾进食，却只是哭着，笑着，摧折着满院子的柳叶桃。

最后一日，她安静下去了，到得次日早晨才被人发现她已安睡在自己床上，而且永久不再醒来了，还是满面脂粉，一头柳叶桃的红花。

你还愿意知道以后的事吗？我写到这里已经回答了你十几年前一个问题："怎么回事呢？那个女人是怎么回事呢？"我现在就回答你："是这么回事。"以后的事情很简单：用那个女戏子所有的一件斗篷和一只宝石戒指换得一具棺木，并让她在 × 城外的义冢里占了一角。又隔几日，她的种田的爸爸得到消息赶来了，央了一位街坊同到秦家门上找少爷，那街坊到得大门上叩门喊道：

"秦少爷，你们 ×× 地方的客人来了。"

"什么客人？咱不懂什么叫客人！找少爷？少爷不在家！"

里面答话的是二姨奶奶，她知道来者是女戏子的爸爸。

这位老者到哪里去找秦少爷呢？他可曾找得到吗？我不知道，就连那个告诉我这事的人也不知道。

这便是我今天要告诉你的一切。然而我心里仿佛还有许多话要说。我不愿意说我现在是为了人家的事情——而且是已经过去的事了——而烦忧着，然而，我又确实觉得这些事和我发生了关系：第一，是那个向我告诉这事的人，也就是和那秦家有着最密切关系的一人，现在却参加到我的生活中来了，而且，说起这些事情，我又不能不想起当年我们两人在 × 城中的那一段生活，我又禁不住再向你问一句话：

"我们当年那些五颜六色的奇梦，现在究竟变到了什么颜色？"

山居杂缀

/

戴望舒

山风

窗外，隔着夜的骄朦，迷茫的山岚大概已把整个峰峦笼罩住了吧。冷冷的风从山上吹下来，带着潮湿，带着太阳的气味，或是带着几点从山涧中飞溅出来的水，来叩我的玻璃窗了。

敬礼啊，山风！我敞开窗门欢迎你，我敞开衣襟欢迎你。抚过云的边缘，抚过崖边的小花，抚过有野兽躺过的岩石，抚过缄默的泥土，抚过歌唱的泉流，你现在来轻轻地抚我了。说啊，山风，你是否从我胸头感到了云的飘忽，花的寂寥，岩石的坚实，泥土的沉郁，泉流的活泼？你会不会说，这是一个奇异的生物！

雨

雨停止了，檐溜还是叮叮地响着，给梦拍着柔和的拍子，好像在江南的一只乌篷船中一样。"春水碧如天，画船听雨眠"，韦庄的词句又浮到脑中来了。奇迹也许突然发生了吧，也许我已被魔法移到苕溪或是西湖的小船中了吧……

然而突然，香港的倾盆大雨又降下来了。

树

路上的列树已斩伐尽了，疏疏朗朗地残留着可怜的树根。路显得宽阔了一点，短了一点，天和人的距离似乎更接近了。太阳直射到头顶上，雨直淋到身上……是的，我们需要阳光，但是我们也需要阴荫啊！早晨鸟雀的啁啾声没有了，傍晚舒徐的散步没有了。空虚的路，寂寞的路！

离门前不远的地方，本来有一棵合欢树，去年秋天，我也还采过那长长的荚果给我的女儿玩的。它曾经娉婷地站立在那里，高高地张开它的青翠的华盖一般的叶子，寄托了我们的梦想，又给我们以清阴。而现在，我们却只能在虚空之中，在浮着云片的碧空的背景上，徒然地描画它的青翠之姿了。像现在这样的夏天的早晨，它的鲜绿的叶子和火红照眼的花，会给我们怎样的一种清新之感啊！它的浓荫之中藏着雏鸟小小的啼声，会给我们怎样的一种喜悦啊！想想吧，它的消失对于我们是怎样地可悲啊！

抱着幼小的孩子，我又走到那棵合欢树的树根边来了。锯痕已由淡黄变成黝黑了，然而年轮却还是清清楚楚的，并没有给苔藓或是芝菌侵蚀去。我无聊地数着这一圈圈的年轮，四十二圈！正是我的年龄。它和我度过了同样的岁月，这可怜的合欢树！

树啊，谁更不幸一点，是你呢，还是我？

失去的园子

跋涉的挂虑使我失去了眼界的辽阔和余暇的寄托。我的意思是说，自从我怕走漫漫的长途而移居到这中区的最高一条街以来，我便不再能天天望见大海，不再拥有一个小圃了。屋子后面是高楼，前面是更高的山；门临街路，一点隙地也没有。从此，我便对山面壁而居，而最使我怅惘的，特别是旧居中的那一片小小的园子，那一片由我亲手拓荒，耕耘，施肥，播种，灌溉，收获过的贫瘠的土地。**那园子临着海，四周是苍翠的松树**，每当耕倦了，抛下锄头，坐到松树下面去，迎着从远处渔帆上吹来的风，望着辽阔的海，就已经使人心醉了。何况它又按着季节，给我们以意外丰富的收获呢？

那园子临着海，四周是苍翠的松树

可是搬到这里来以后，一切都改变了。载在火车上和书籍一同搬来的耕具：锄头，铁耙，铲子，尖锄，除草耙，移植铲，灌溉壶等等，都冷落地被抛弃在天台上，而且生了锈。这些可怜的东西！它们应该像我一样地寂寞吧。

好像是本能地，我不时想着"现在是种番茄的时候了"，或是"现在玉蜀黍可以收获了"，或是"要是我能从家乡弄到一点蚕豆种就好了"！我把这种思想告诉了妻，于是她就提议说："我们要不要像邻居那样，叫人挑泥到天台上去，在那里辟一个园地？"可是我立刻反对，因为天台是那么小，而且阳光也那么少，给四面的高楼遮住了。于是这计划打消了，而旧园的梦想却仍旧继续着。

大概看到我常常为这样思想困恼着吧，妻在偷偷地活动着。于是，有一天，她高高兴兴地来对我说了："你可以有一个真正的园子了。你不看见我们对邻有一片空地吗？他们人少，种不了许多地，我已和他们商量好，划一部分地给我们种，水也很方便。现在，你说什么时候开始吧。"

她一定以为会给我一个意外的喜悦的，可是我却含糊地应着，心里想："那不是我的园地，我要我自己的园地。"可是，为了要不使妻太难堪，我期期地回答她："你不是劝我不要太疲劳吗？你的话是对的，我需要休息。我们把这种地的计划打消了吧。"

伍 你志在于山，我钟情于水

　　我记起有位法国诗人说过，人在夜晚和暴风雨的时候常常感到自然的威压。这话很有道理。为什么夜晚会使人感到威压呢！想来大概因为黑暗的缘故。人原是憎恶黑暗，追求光明的！

　　　　　　　　　　　　　　　　——黎烈文

钓台的春昼

/

郁达夫

因为近在咫尺，以为什么时候要去就可以去，我们对于本乡本土的名区胜景，反而往往没有机会去玩，或不容易下一个决心去玩的。正唯其是如此，我对于富春江上的严陵，二十年来，心里虽每在记着，但脚却没有向这一方面走过。一九三一，岁在辛未，暮春三月，春服未成，而中央党帝，似乎又想玩一个秦始皇所玩过的把戏了，我接到了警告，就仓皇离去了寓居。先在江浙附近的穷乡里，游息了几天，偶而看见了一家扫墓的行舟，乡愁一动，就定下了归计。绕了一个大弯，赶到故乡，却正好还在清明寒食的节前。和家人等去上了几处坟，与许久不曾见过面的亲戚朋友，来往热闹了几天，一种乡居的倦怠，忽而袭上心来了，于是乎我就决心上钓台访一访严子陵的幽居。

钓台去桐庐县城二十余里，桐庐去富阳县治九十里不足，自富阳溯江而上，坐小火轮三小时可达桐庐，再上则须坐帆船了。

我去的那一天，记得是阴晴欲雨的养花天，并且系坐晚班轮去的，船到桐庐，已经是灯火微明的黄昏时候了，不得已就只得在码头近边的一家旅馆的楼上借了一宵宿。

活得通透　总有欢喜

桐庐县城，大约有三里路长，三千多烟灶，一二万居民，地在富春江西北岸，从前是皖浙交通的要道，现在杭江铁路一开，似乎没有一二十年前的繁华热闹了。尤其要使旅客感到萧条的，却是桐君山脚下的那一队花船的失去了踪影。说起桐君山，却是桐庐县的一个接近城市的灵山胜地，山虽不高，但因有仙，自然是灵了。以形势来论，这桐君山，也的确是可以产生出许多口音生硬，别具风韵的桐严嫂来的生龙活脉。地处在桐溪东岸，正当桐溪和富春江合流之所，依依一水，西岸便瞰视着桐庐县市的人家烟树。南面对江，便是十里长洲；唐诗人方干的故居，就在这十里桐洲九里花的花田深处。向西越过桐庐县城，更遥遥对着一排高低不定的青峦，这就是富春山的山子山孙了。东北面山下，是一片桑麻沃地，有一条长蛇似的官道，隐而复现，出没盘曲在桃花杨柳洋槐榆树的中间，绕过一支小岭，便是富阳县的境界，大约去程明道的墓地程坟，总也不过一二十里地的间隔。我的去拜谒桐君，瞻仰道观，就在那一天到桐庐的晚上，是淡云微月，正在作雨的时候。

鱼梁渡头，因为夜渡无人，渡船停在东岸的桐君山下。我从旅馆踱了出来，先在离轮埠不远的渡口停立了几分钟。后来向一位来渡口洗夜饭米的年轻少妇，弓身请问了一回，才得到了渡江的秘诀。她说："你只须高喊两三声，船自会来的。"先谢了她教我的好意，然后以两手围成了播音的喇叭，"喂，喂，渡船请摇过来"地纵声一喊，果然在半江的黑影当中，船身摇动了。渐摇渐近，五分钟后，我在渡口，却终于听出了咿呀柔橹的声音。时间似乎已经入了酉时的下刻，小市里的群动，这时候都已经静息，自从渡口的那位少妇，在微茫的夜色里，藏去了她那张白团团的面影之后，**我独立在江边，不知不觉心里头却兀自感到了一种他乡日暮的悲哀**。渡船到岸，船头上起了几声微微的水浪清音，又铜东的一响，我早已跳上了船，渡船也已经掉过头来了。坐在黑影沉沉的舱里，我起先只在静听着柔橹划水的声音，然后却在黑影里看出了一星船家在吸着的长烟管头上的烟火，最后因为被

我独立在江边，不知不觉心里头却兀自感到了一种他乡日暮的悲哀

沉默压迫不过，我只好开口说话了："船家！你这样的渡我过去，该给你几个船钱？"我问。"随你先生把几个就是。"船家的说话冗慢幽长，似乎已经带着些睡意了，我就向袋里摸出了两角钱来。"这两角钱，就算是我的渡船钱，请你候我一会，上山去烧一次夜香，我是依旧要渡过江来的。"船家的回答，只是恩恩乌乌，幽幽同牛叫似的一种鼻音，然而从继这鼻音而起的两三声轻快的咳声听来，他却似已经在感到满足了，因为我也知道，乡间的义渡，船钱最多也不过是两三枚铜子而已。

到了桐君山下，在山影和树影交掩着的崎岖道上，我上岸走不上几步，就被一块乱石绊倒，滑跌了一次。船家似乎也动了恻隐之心了，一句话也不发，跑将上来，他却突然交给了我一盒火柴。我于感谢了一番他的盛意之后，重整步伐，再摸上山去，先是必须点一枝火柴走三五步路的，但到得半山，路既就了规律，而微云堆里的半规月色，也朦胧地现出一痕银线来了，所以手里还存着的半盒火柴，就被我藏入了袋里。路是从山的西北，盘曲而上，渐走渐高，半山一到，天也开朗了一点。桐庐县市上的灯火，也星星可数了。更纵目向江心望去，富春江西岸的船上和桐溪合流口停泊着的船尾船头，也看得出一点一点的火来。走过半山，桐君观里的晚祷钟鼓，似乎还没有息尽，耳朵里仿佛听见了几丝木鱼钲钹的残声。走上山顶，先在半途遇着了一道道观外围的女墙。这女墙的栅门，却已经掩上了。在栅门外徘徊了一刻，觉得已经到了此门而不进去，终于是不能满足我这一次暗夜冒险的好奇怪癖的。所以细想了几次，还是决心进去，非进去不可。轻轻用手往里面一推，栅门却呀的一声，早已退向了后方开开了，这门原来是虚掩在那里的。进了栅门，踏着为淡月所映照的石砌平路，向东向南的前走了五六十步，居然走到了道观的大门之外，这两扇朱红漆的大门，不消说是紧闭在那里的。到了此地，我却不想再破门进去了，因为这大门是朝南向着大江开的，门外头是一条一丈来宽的石砌步道，步道的一旁是道观的墙，一旁便是山坡，靠山坡的一面，并且还有一道二尺来高的石墙筑在那里，大约是代替栏杆，防人倾跌下山去的用意。石墙之上，铺的是二三尺宽的青石。在这似石栏又似石凳的墙上，尽可以坐卧游息，饱看桐江和对岸的风景。就是在这里坐它一晚，也很可以，我又何必去打开门来，惊起那些老道的噩梦呢！

空旷的天空里，流涨着的只是些灰白的云，云层缺处，原也看得出半角的天，和一点两点的星，但看起来最饶风趣的，却仍是欲藏还露，将见仍无的那半规月影。这时候江面上似乎起了风，云脚的迁移，更来得迅速了，而低头向江心一看，几多散乱着的船里的灯光，也忽明忽灭地变换了一变换位置。

这道观大门外的景色，真神奇极了。我当十几年前，在放浪的游程里，曾向瓜洲京口一带，消磨过不少的时日。那时觉得果然名不虚传的，确是甘露寺外的江山，而现在到了桐庐，昏夜上这桐君山来一看，又觉得这江山之秀而且静，风景的整而不散，却非那天下第一江山的北固山所可与比拟的了。真也难怪得严子陵，难怪得戴征士，倘使我若能在这样的地方结屋读书，以养天年，那还要什么的高官厚禄，还要什么的浮名虚誉哩？一个人在这桐君观前的石凳上，看看山，看看水，看看城中的灯火和天上的星云，更做做浩无边际的无聊的幻梦。我竟忘记了时刻，忘记了自身，直等到隔江的击柝声传来，向西一看，忽而觉得城中的灯影微茫地减了，才跑也似地走下了山来，渡江奔回了客舍。

第二日清晨，觉得昨天在桐君观前做过的残梦正还没有续完的时候，窗外面忽而传来了一阵吹角的声音。好梦虽被打破，但因这同吹觱篥似的商音哀咽，却很含着些荒凉的古意，并且晓风残月，杨柳岸边，也正好候船待发，上严陵去；所以心里虽怀着了些儿怨恨，但脸上却只现出了一痕微笑，起来梳洗更衣，叫茶房去雇船去。雇好了一只双桨的渔舟，买就了些酒菜鱼米，就在旅馆前面的码头上上了船，轻轻向江心摇出去的时候，东方的云幕中间，已现出了几丝红晕，有八点多钟了。舟师急得利害，只在埋怨旅馆的茶房，为什么昨晚上不预先告诉，好早一点出发。因为此去就是七里滩头，无风七里，有风七十里，上钓台去玩一趟回来，路程虽则有限，但这几日风雨无常，说不定要走夜路，才回来得了的。

过了桐庐，江心狭窄，浅滩果然多起来了。路上遇着的来往的行舟，数目也是很少，因为早晨吹的角，就是往建德去的快班船的信号，快班船一开，来往于两岸之间的船就不十分多了。两岸全是青青的山，中间是一条清浅的水，有时候过一个沙洲，洲

伍　你志在于山，我钟情于水

上的桃花菜花，还有许多不晓得名字的白色的花，正在喧闹着春暮，吸引着蜂蝶。我在船头上一口一口地喝着严东关的药酒，指东话西地问着船家，这是什么山，那是什么港，惊叹了半天，称颂了半天，人也觉得倦了，不晓得什么时候，身子却走上了一家水边的酒楼，在和数年不见的几位已经做了党官的朋友高谈阔论。谈论之余，还背诵了一首两三年前曾在同一的情形之下做成的歪诗：

　　　　不是尊前爱惜身，

　　　　佯狂难免假成真。

　　　　曾因酒醉鞭名马，

　　　　生怕情多累美人。

　　　　劫数东南天作孽，

　　　　鸡鸣风雨海扬尘。

　　　　悲歌痛哭终何补，

　　　　义士纷纷说帝秦。

　　直到盛筵将散，我酒也不想再喝了，和几位朋友闹得心里各自难堪，连对旁边坐着的两位陪酒的名花都不愿意开口。正在这上下不得的苦闷关头，船家却大声的叫了起来说：

　　"先生，罗芷过了，钓台就在前面，你醒醒罢，好上山去烧饭吃去。"

　　擦擦眼睛，整了一整衣服，抬起头来一看，四面的水光山色又忽而变了样子了。清清的一条浅水，比前又窄了几分，四围的山包得格外的紧了，仿佛是前无去路的样子。并且山容峻削，看去觉得格外的瘦格外的高。向天上地下四围看看，只寂寂地看不见一个人类。双桨的摇响，到此似乎也不敢放肆了，钩的一声过后，要好半天才来一个幽幽的回响，静，静，静，身边水上，山下岩头，只沉浸着太古的静，死灭的静，山峡里连飞鸟的影子也看不见半只。前面的所谓钓台山上，只看得见两大个石垒，一间歪斜的亭子，许多纵横芜杂的草木。山腰里的那座祠堂，也只露着些废垣残瓦，屋上面连炊烟都没有一丝半缕，像是好久好久没有人住了的样子。并且天气又来得阴森，早晨曾经露一露脸过的太阳，这时候早已深藏在云堆里了，余下来的只是时有时无从侧面吹来的阴飕飕的半箭儿山风。船靠了山脚，跟着前面背着酒菜鱼米的船夫走上严先生祠堂的时候，我心里真有点害怕，怕在这荒山里要遇见一个干枯苍老得同丝瓜筋似的严先生的鬼魂。

在祠堂西院的客厅里坐定，和严先生的不知第几代的裔孙谈了几句关于年岁水旱的话后，我的心跳也渐渐地镇静下去了，嘱托了他以煮饭烧菜的杂务，我和船家就从断碑乱石中间爬上了钓台。

东西两石垒，高各有二三百尺，离江面约两里来远，东西台相去只有一二百步，但其间却夹着一条深谷。立在东台，可以看得出罗芷的人家，回头展望来路，风景似乎散漫一点，而一上谢氏的西台，向西望去，则幽谷里的清景，却绝对的不像是在人间了。我虽则没有到过瑞士，但到了西台，朝西一看，立时就想起了曾在照片上看见过的威廉退儿的祠堂。这四山的幽静，这江水的青蓝，简直同在画片上的珂罗版①色彩，一色也没有两样，所不同的就是在这儿的变化更多一点，周围的环境更芜杂不整齐一点而已，但这却是好处，这正是足以代表东方民族性的颓废荒凉的美。

从钓台下来，回到严先生的祠堂——记得这是洪杨以后严州知府戴槃重建的祠堂——西院里饱啖了一顿酒肉，我觉得有点酩酊微醉了。手拿着以火柴柄制成的牙签，走到东面供着严先生神像的龛前，向四面的破壁上一看，翠墨淋漓，题在那里的，竟多是些俗而不雅的过路高官的手笔。最后到了南面的一块白墙头上，在离屋檐不远的一角高处，却看到了我们的一位新近去世的同乡夏灵峰先生的四句似邵尧夫而又略带感慨的诗句。夏灵峰先生虽则只知崇古，不善处今，但是五十年来，像他那样的顽固自尊的亡清遗老，也的确是没有第二个人。比较起现在的那些官迷的南满尚书和东洋宦婢来，他的经术言行，姑且不必去论它，就是以骨头来称称，我想也要比什么罗三郎郑太郎辈，重到好几百倍。慕贤的心一动，熏人臭技自然是难熬了，堆起了几张桌椅，借得了一枝破笔，我也向高墙上在夏灵峰先生的脚后放上了一个陈屁，

---

① 珂罗版：一种书画复制工艺。——编者注

就是在船舱的梦里，也曾微吟过的那一首歪诗。

从墙头上跳将下来，又向龛前天井去走了一圈，觉得酒后的干喉，有点渴痒了，所以就又走回到了西院，静坐着喝了两碗清茶。在这四大无声，只听见我自己的啾啾喝水的舌音冲击到那座破院的败壁上去的寂静中间，同惊雷似的一响，院后的竹园里却忽而飞出了一声闲长而又有节奏似的鸡啼的声来。同时在门外面歇着的船家，也走进了院门，高声的对我说：

"先生，我们回去罢，已经是吃点心的时候了，你不听见那只鸡在后山啼么？我们回去罢！"

听潮的故事

/

鲁彦

一年夏天，趁着刚离开厌烦的军队的职务，我和妻坐着海轮，到了一个有名的岛上。

这里是佛国，全岛周围三十里中，除了七八家店铺以外，全是寺院。为了要完全隔绝红尘的凡缘，几千个出了俗的和尚绝对地拒绝了出家的尼姑在这里修道，连开店铺的人也被禁止了带女眷在这里居住。荤菜是不准上岸的，开店的人也受这拘束。

只有香客是例外，可以带着女眷，办了荤菜上这佛国。岛上没有旅店，每一个寺院都特设了许多房子给香客住宿，而且准许男女香客同住在一间房子里。厨房虽然是单煮素菜的，但香客可以自备一只锅子，在那里烧肉吃。这样的香客多半是去观光游览的，不是真正烧香念佛的香客。

我们就属于这一类。

这时佛国的香会正在最热闹的时期里，四方善男信女都跨山过海集中在这里。寺院里一天到晚做着佛事，满岛上来去进香领牒的男女恰似热锅上的蚂蚁，把清净的佛国变成了热闹的都市。

我们游览完了寺刹和名胜，觉得海的神秘和伟大不是在短促的时间里领略得尽，便决计在这岛上多住一些时候，待香客们散尽再离开。几天后，我们选了一个幽静的寺院，搬了过去。

它就在海边，有三间住客的房子，一个凉台还突出在海上，当时这三间房子里正住着香客，当家的答应过几天待他们走了就给我们一间房子，我们便暂在靠海湾的一间楼房住下了。

楼房的地位已经相当的好，从狭小的窗洞里可以望见落日和海湾尽头的一角。每次潮来的时候，听见海水冲击岩石的声音，看见空中细雨似的，朝雾似的，暮烟似的飞沫的升落。有时它带着腥气，带着咸味，一直冲进了我们的小窗，粘在我们的身上，润湿着房中的一切。

像是因为寺院的地点偏僻了一点的缘故，到这里来的香客比较少了许多，佛事也只三五天一次，住宿在寺院里的香客只有十几个人。这冷静正合我们的意，而我们的来到，却仿佛因为减少了寺院里的一分冷静，受了当家的欢迎。待遇显得特别周到：早上晚上和下午三时，都有一些不同的点心端了出来，饭菜也很鲜美，进出的时候，大小和尚全对我们打招呼，有时当家的还特地跑了来闲谈。

这一切都使我们高兴，妻简直起了在那里住上几个月的念头了。

"要是搬到了突出在海上的房子里，海就完全属于我们的了！"妻渴望地说。

过了几天，那边走了一部分香客，空了一间房子出来，我们果然搬过去了。

这里是新式的平屋，但因为突出在海上，它像是楼房。房间宽而且深，中间一个厅。住在厅的那边的房里的是一对年轻的夫妻，才从上海的一个学校里毕业出来，目的想在这里一面游玩，一面读书，度过暑假。

"现在这海——这海完全是我们的了！" 当天晚上，我们靠着凉台的栏杆，赏玩海景的时候，妻又高兴地叫着说。

现在这海——这海完全是我们的了

大海上一片静寂。在我们的脚下，波浪轻轻地吻着岩石，睡眠了似的。在平静的深暗的海面上，月光辟了一条狭而且长的明亮的路，闪闪地颤动着，银鳞一般。

远处灯塔上的红光镶在黑暗的空间，像是一个宝玉。它和那海面银光在我们面前揭开了海的神秘——那不是狂暴的不测的可怕的神秘，那是幽静的和平的愉悦的神秘。我们的脚下仿佛轻松起来，平静地，宽怀地，带着欣幸与希望，走上了那银光的道路，朝着宝玉般的红光走了去。

"岂止成佛呵！"妻低声地说着，偏过脸来偎着我的脸。她心中的喜悦正和我的一样。

海在我们脚下沉吟着，诗人一般。那声音像是朦胧的月光和玫瑰花间的晨雾那样的温柔，像是情人的蜜语那样的甜美。低低地，轻轻地，像微风拂过琴弦，像落花飘到水上。

海睡熟了。

大小的岛屿拥抱着，偎依着，也静静地朦胧地入了睡乡。

星星在头上也眨着疲倦的眼，也将睡了。

许久许久，我们也像入了睡似的，停止了一切的思念和情绪。

不晓得过了多少时候，远处一个寺院里的钟声突然惊醒了海的沉睡。它现在激起了海水的兴奋，渐渐向我们脚下的岩石推了过来，发出哺哺的声音，仿佛谁在海里吐着气。海面的银光跟着翻动起来，银龙似的。接着我们脚下的岩石里就像铃子，铙钹，钟鼓在响着，愈响愈大了。

伍 你志在于山，我钟情于水

没有风。海自己醒了，动着。它转侧着，打着呵欠，伸着腰和脚，抹着眼睛。因为岛屿挡住了它的转动，它在用脚踢着，用手拍着，用牙咬着。它一刻比一刻兴奋，一刻比一刻用力。岩石渐渐起了战栗，发出抵抗的叫声，打碎了海的鳞片。

海受了创伤，愤怒了。

它叫吼着，猛烈地往岸边袭击了过来，冲进了岩石的每一个罅隙里，扰乱岩石的后方，接着又来了正面的攻击，刺打着岩石的壁垒。

声音越来越大了。战鼓声，金锣声，枪炮声，呐喊声，叫号声，哭泣声，马蹄声，车轮声，飞机的机翼声，火车的汽笛声，都掺杂在一起，千军万马混战了起来。

银光消失了。海水疯狂地汹涌着，吞没了远近的岛屿。它从我们的脚下浮了起来，雷似的怒吼着，一阵阵地将满带着血腥的浪花泼溅在我们的身上。

"可怕的海！"妻战栗地叫着说，"这里会塌哩！"

"那里的话！"

"至少这声音是可怕得够了！"

"伟大的声音！海的美就在这里了！"我说。

"你看那红光！"妻指着远处越发明亮的灯塔上的红灯说，"它镶在黑暗的空间，像是血！可怕的血！"

"倘若是血，就愈显得海的伟大哩！"

妻不复做声了，她像感觉到我的话的残忍似的，静默而又恐

—137—

怖地走进了房里。

现在她开始起了回家的念头。她不再说那海是我们的话了。每次潮来的时候，她便忧郁地坐在房里，把窗子也关了起来。

"向来是这样的，你看！"退潮的时候，我指着海边对她说。"一来一去，是故事！来的时候凶猛，去的时候多么平静呵！一样的美！"

然而她不承认我的话。她总觉得那是使她恐惧，使她厌憎的。倘使我的感觉和她的一样，她愿意立刻就离开这里。但为了我，她愿意再留半个月。我喜欢海，尤其是潮来的时候。因此即使是和妻一道关在房子里，从闭着的窗户里听着外面模糊的潮音，也觉得很满意，再留半个月，尽够欣幸了。

一天，两天，我珍视的日子，已经过去了四天。我们的寺院里忽然来了两个肥胖的外国人，随带着一个中国茶房，几件行李，那是和尚们从轮船码头上接来的。当家的陪他们到我们的屋子里看了一遍，合了他们的意以后，忽然对我们对面住着的年轻夫妻提出了迁让的要求。

"一样给你们钱，为什么要我们让给外国人？"他们拒绝了。

随后这要求轮到了我们，也得到了同样的回答。

当家的去后，别的和尚又来了，他们明白地说明了外国人可以多出一点钱的原因，要求我们四个人同住在一间房子里，让一间房子出来给外国人。他们甚至已经把行李搬到我们的厅里来了。

"什么话！"年轻的学生发怒了。"外国人出多少钱，我们

伍 你志在于山，我钟情于水

也出多少钱就是！我们都有女眷，怎么可以同住在一间房子里！"

他们受不了这侮辱，开始骂了起来，终于立刻卷起行李，走了。妻也生了气，提议一道走。但我觉得这是常情，劝她忍受一下。

"只有十天了。管他这些！谁晓得什么时候还能再来听这潮音呵！"妻的气愤虽然给我劝住了，但因她的感觉的太灵敏，却愈加不快活起来。她远远地看见了路上的香客，就以为是到这个寺院来住的，怀疑着我们将得到第二次的被驱逐。她觉察出当家的已几天没有来和我们打招呼，大小和尚看见我们的时候脸上没有笑容，菜蔬也坏了，甚至生了虫的。

"早些走吧！"妻时常催促我。

"只有八天了。"我说。

"不能留了！"过了一天，妻又催了。

"只有七天了。"

"只有六天，五天半了。"我又回答着妻的催促。

"等到将来我们有了钱，自己在海边造起房子来，尽你享受的，那时海就完全是你的了！"

"好了，好了，只有四天半了哩！以后不再到海边听潮也行。海是不能属于一个人的。造了房子，说不定还要做和尚的。"

然而妻终于不能忍耐了。这天晚上，当家的忽然跑来和我们打招呼，脸上没有一点笑容。

"香期快完了，大轮船不转这里，菜蔬会成问题哩！……"

我们看见他给外国人吃的菜比我们好而且多到几倍。他说这话，明明是一种逐客的借口，甚至是一种恫吓。

"我们就要走了！你不用说谎！"

"那里，那里！"他狡猾地微笑一下，走了。

"都是你糊涂！潮呀，海呀，听过一次，看过一次，就够了，偏要留着不肯走！明天再不走，还要等到人家把我们的行李摔出去吗？我刚才已经看见他们又接了两个香客来了！"妻喃喃地埋怨着。

"好，好，明天就走吧，也享受得够快乐了！"

"受了人家的侮辱，还说快乐！"

"那是常情，"我说，"到处都一样的。"

"我可受不了！"

"明天一上轮船，这些事情就成为故事了。二十四，二十三，二十二，二十一，十八，不是只有十八个钟头了吗？"我笑着说。

然而这时间也确实有点难以度过。第二天早晨，正当我们取了钱，预备去付账，声明下午要走的时候，我们的厅堂里忽然又搬进行李来了，正放在我们这一边。那正是昨天才来的香客。

妻气得失了色，说不出话来，只是瞪着眼睛望着我。不用说，当家的立刻又要来到，第一次的故事又要重演一次了。

"给这故事变一个喜剧让妻消一点闷吧！"我这样想着，从箱子里取出了军队里的制服，穿在身上，把那方绫的符号和银质的徽章特别露挂在外面，往厅里走了去。

当家的正从外面走了进来，看见我的奇异的形状，突然站住了。

伍　你志在于山，我钟情于水

他非常惊愕地注视着我，皱一皱眉头，又立刻现出了一个不自然的笑容。

"鲁……"他不晓得应该怎样称呼我了，机械地合了掌，"老爷，你好！"

"有什么事吗，当家的？"我瞪着眼望他。

"没有什么——特来请个安。唔！这是谁的行李？"他转过头去，问跟在后背的小和尚。

"这就是李先生的。"

"哼——阿弥陀佛！你们这些人真不中用！怎么拿到这里来了！我不是说过，安置在西楼上的吗？"

"师父不是说……"

"阿弥陀佛！快些拿去！快些拿去！——这样不中用！"

我看见了他对小和尚眯着眼睛。

"到我房子里坐坐吧，当家的，我正想去找你呢！"

"是，是，"他睁着疑惑的眼光注意着我的脸色。"请不要生气，吵闹了你，这完全是他们弄错了。咳！真不中用！请老爷多多原谅。"他又对站在我后背发笑的妻合着掌说："请太太多多原谅！"

"那里，那里！"我微笑地回答着。

我待他跟进了房里，从衣袋里摸出几张钞票，放在他面前说：

"我们今天要走了，当家的，这一点点香钱，请收了吧。"

他惊愕地站着，又机械地合了掌，似乎还怀疑着我发了气。

"原谅，老爷！我们太怠慢了！天气热得很，还请住过夏再走！钱是决不敢领的！"

　　为要使他安静，我反复地说明了要走的原因，是军队里的假期已满，而且还有别的重要的公事。钱呢，是给他买香烛的，必须给我们收下。他安了心，恭敬地合着掌走了，不肯拿钱。我叫茶房送去了两次，他又亲自送了回来。最后我自己送了去，说了许多话，他才收下了。

　　他办了一桌酒席，给我们送行，又送了一些佛国的特产和蔬菜。

　　"这一个玩笑开得太凶了！和尚也可怜哩！"现在妻的气愤不但完全消失，反而觉得不忍了。

　　"这只是平常的故事，一来一去，完全和潮一样的！"我说，"无爱无憎，才能见到真正的美，所以释迦成了佛呢！"

　　"无论你怎样玄之又玄，总之这海，这潮，这佛国，使我厌憎！"妻临行前喃喃的不快活地说。

　　她没有注意到当家的站在门口，还在大声地说着，要我们明年再来。

溪

/

陆蠡

　　你说你是志在于山，而我则不忘情于水。山黛虽则是那么浑厚，淳朴，笨拙，呆然若愚地有仁者之风，而水则是更温柔，更明洁，更活泼，更有韵致，更妩媚可亲，是智者所喜的。我甚至于爱慕在水底的一颗颗圆洁的卵石，在静止的潭底里的往往长着毛茸茸的绿苔，在急湍的浅滩中则被水摩挲得仅剩一层黄褐色的皮衣，阳光透过深浅不一的水层，投射在磊磊不平的石面，反映出闪动的金黄色的光圈。一粒之石岂不能看出整座的山岳来吗？卵石与粒沙孰大？山岳与世界孰小？倘能参悟这无关闳旨的微义，将不会怪我故作惊人之语了。"给我一块石，便可以造出整个的山来"，也不过是一句老话的脱胎。

　　不知你有否打着赤足渡过一条汩汩小溪的经验？你的眼睛须得望着前面的一个目标，一株柳树或是一个柴堆；假使你褰着衣裳呢，则两手便失却保持平衡的功用了；脚下的卵石又坚硬，又滑，走平路时落地的总是趾和踵，足心是娇养惯的，现在接触上这滑硬的石子，不好说痛，又不好说痒，自然而然便足趾拳曲拢来，想要缩回。眼光自动地离开前面的目标，移到滔滔流逝的水面，仿佛地在脚下奔驰，感到一阵晕眩。此时你刚走过小溪的一半，水淹没了半条腿的样子，挟着速度的水流从侧面一阵推荡，便会冷不防地被冲倒。等你站直身子来，已襦裳尽湿了。

我初次爱水有甚于山的时候，是在黄梅久雨后的晴天。雨丝帘幕似的挂在我的窗前有半个多月了，"这是夏眠呢。"我想。一天早晨靠东的窗格里透进旭红的阳光，霍地跳起身来，跑到隔溪的石滩上。松林的梢际笼着未散尽的烟霭，树脂的气息混合着百草的清香，尖短的柳叶上擎着夜来的雨珠，冰凉的石子摸得出有几分潮湿。一片声音引住了我，我仰头观看，啊！沿溪的一带岩岗，拍岸的"黄梅水"涨平了。延伸到水里的石级，上上下下都是捣衣的妇女。阳光底下白的衣被和白的水融成一片。韵律的砧声在近山回响着。"咚！"一只不可见的手拨动了我的一根心弦，于是我爱上这汤汤的小溪，"洋洋乎志在流水"了。我摹绘着假如这是在月光里，水色衣色和月色织成一片，不见捣衣的动作而只有万山齐应的砧声，"长安一片月，万户捣衣声"，那便未免有玉关哀怨之情，弥漫着离愁之境了。我宁愿看到晨曦里的浣妇，她们的身旁还玩着梳着总角髻的孩子，拿一根柴枝，在一片树叶上或一团乱草上使劲地捶，学着姊姊和妈妈们的动作。

我初次爱水有甚于山的时候，是在我游罢归来之后。自从泛迹彭蠡，五湖于我毫无介恋，故乡的山水乃如蛇啮于心萦回于我的记忆中了。我在别处所看到的大都是莽莽的平原，难得有一块出奇的山。湖沼是有的，那是如妇人在晓妆时被懒欠呵昙了的镜，或如净下一脸脂粉的盆中的水，暗蒙而厚腻的；河流也见得很多，每每是黄，或者发黑，边上浮着朱门里倾倒出来的鱼片肉片、菜片，如同酒徒呕出来的唾沫。我如怀恋母亲似的惦记起故乡的山水了。我披着四月的雾，沐着五月的雨，枥着八月的风，踏着腊月的霜，急急忙忙到这溪边来。倘使我做了大官回来，则挂冠之后，辟芜芟秽，葺舍书读于山涯水涯，岂不清高之至！而我往来只是一条穷身，所以冒清早背着手来望这一片捣衣了。

人每每有溯源穷流的爱好，这探索的德性我颇重视。你问这溪流源出自什么地方，这事我恰恰知道。我在很小的时候开始用

人每每有溯源穷流的爱好，这探索的德性我颇重视

"呜呼"起头做作文的时候便知道了。那是一位花白胡须的先生告诉我的。我以后也没有去翻考县志通志，所以我知道的只限于此。我讨厌别人背诵着县志里的典故和诗词，我也不看名人壁上的题句，我不愿浪费我的强记。你该以我回答你的问题为满足了。这溪流发源于鹧鸪山，用这多啼的鸟命山，是落入宋人风格的，则此山的命名肇于宋代可知。那也该在南迁之后。则我的祖先耕牧于这山水之间，已八百年于兹了。

你看这溪流曲折，在转角的岩壁之下汇成深潭。潭中有很大的鱼，一种有着粗的鳞、红的鳍、绿的眼、金黄的腹和青黑的背，是极活泼的鱼，我们叫作"将军"，在水中是无敌的，一出水立刻便死了，这颇合于英雄的本色。这潭里的鱼虽肥且多，可是不准捞捕，岩上不是镌着"放生"的大字么？垂钓是可以的。你有"猫儿耐心乌龟性"么？当然可以披上蓑衣，戴上箬笠，斜风细雨中，把两根钓竿同时放在水里。我也钓过的。那是阴雨迷蒙的天，打在身上的雨好像雾一样，整半天也不会潮湿。这样的雾雨落水便无声了，只把水面罩上一层轻烟，而水中的人影便隐约得好像在锈上了铜绿的被时代遗弃了的古铜镜里照见的面颜。说鱼儿是因为看不清钓者的脸，才大胆地浮上水面来游戏呢。这里我不想引物理学折光的原理来证明鱼在水中所能望及水岸上的可怜的狭小的视野。不是在谈钓鱼么，我钓鱼了。我带了几把米，罐里放了几条虫。我怕虫，还是央邻哥儿替我钓上去的。放钓了，在虫上啐了一口吐沫，抛了出去，"嘧……"在水面上撒上一把米，说

"大鱼不来小鱼来啊"，便耐心等着，许久，不见动静，"咝……"复撒上一把米，等着，等着，仍是一丝不见动静，邻哥儿却捞了半尺长的金鲤鱼了。"咝……咝……"我复撒上一把米，白的米在水中一摇一晃地沉下，我的浮标依然不见动静：我开始想这撒下白米是什么意思？这无齿的鱼！是听见"咝……咝……"的声音便疑是坠下什么东西来了前来觅食么，还是看到这白色耀眼的米来察看究竟是什么的出于好奇之感？看看衣袋里的米撒完了，我抓了一把沙，"咝……咝……"毫不吝惜地撒下去，过了半天，浮标动了，捞上来的是一寸长的鲫鱼。

我笑了，我的半袋白米！我以后就简直灰心得懒得垂钓了。

你不看这溪岸么？山冈自远处逶迤而来，到这溪边成了断壁。壁下被流水冲空了的岩麓像是巨龙的口，像是饮水的巨龙。那向左蜿蜒起伏的便是龙尾。对，此地便名叫龙头。这头上有一块草木不生的岩皮。告诉你一个故事罢，这故事不载于府志，不载于县志，不载于"笔记"，不载于"志异"，而我恰恰知道。原来这片岩岗是活龙头。从前一位堪舆先生说这龙头是大吉祥之地，当时有人不信，他便说："你去站在龙尾，我站在龙头大喝一声，龙尾便该拨动起来。"他们这样做了。堪舆先生站在龙头大喝一声，龙尾动了。于是站在龙尾的便派了一个孩子传语道："龙尾动了"，而这孩子口齿不清传错了说："龙不动了"，堪舆先生大怒，遂喝道："畜生，该剥皮哪！"于是龙头上便成了一个疮疤，一年四季不生青草。

　　然而，看你的目光移上这溪边东西两端的两棵大树，让我把所知的再告诉你罢。

　　既然是龙头，则龙头岂可无角。是哟！这溪东西两尽头的两株数合抱的大樟树，岂不是嵯峨的两只龙角。因为是龙的角，所以十数年前樟脑腾贵的时候幸未被商人采伐，制成樟脑运销到金元之邦。东端的树下我是熟识的。秋时鸦雀吞食樟子，果皮消化了，撒下一颗颗坚硬的乌黑的种子，亮晶晶地看来一点也不肮脏，我们是整衣袋装着，当作弹子用竹弓打着玩的。樟树朝南向溪的方向，挖了一个窟窿，这是无知的妇女所做的伤残。她们求樟神的保佑，要给她们中了花会——这是妇女们中间流行着的一种赌博——竟不惜向大树跪拜，磕头许愿说着了之后拿三牲福礼请它。结果是没有中。愤怨使她们迁怒于树身，便在树根近傍凿了一个窟洞，据说凿时还有血浆流出来哩。这树底下是我们爱玩的地方，这树阴覆着我的童年，愿它永远葱茏郁茂罢。至于西边长着另一株树的地方是一个幽僻的所在。那儿一带都是无主的荒坟。说时常有男女到那里去幽会，那想怕不是真的。直到现在我还不曾细细去踏一遍。我仅遥望着树下双双的池塘，被蓼莪和菖蒲湮塞。夏初布谷从乱草中吐出啼声来。

　　让我们的幻想不要窜进那阴暗的坟窝，让我们记忆的眼睛落在昼夜不息地渲潺着的小溪的岸上。浣衣妇一一携着衣篮归去了，把白的衣被无秩序地铺晒在岩上、石上、草上，令远处望来的人会疑是偃卧着的群羊，恍如闹市初散，溪边留下一片寂寞。屋背的炊烟从黑烟变成白烟了，那是早饭要熟的时节。我颇不想离开这可爱的小溪。想到会有一天仍将随着溪水东流而下，复回复到莽莽的平原去看看被懒欠呵昙了的妇人的妆镜和洗下油脂腻粉的脸水似的湖沼或到带着酒气和血腥的黄浊的河流边去过活时，不胜悲哀。

秋外套

/

黎烈文

回国后已经过了两个秋天了。那两个秋天都模模糊糊，如烟如梦，自己也不知道是怎么过去的；直到今年秋天，这才得着一点闲时闲情，偶然逛逛公园。

在上海所有的公园里面，谁都知道兆丰公园是最好的。除掉缺欠艺术品（如美丽的铜或石的雕刻）的点缀外，其他花木池沼的布置，和我见过的欧洲有名的公园比较起来，都没有丝毫愧色。我有时带着一本书走进园子，在树下听听虫鸣，在池边看看鸭泳，是可以把每天见闻所及的许多可憎可恶之事，暂时忘掉的。

这天因为贪看暮霭，不觉回家得迟了。独自坐在荷池旁，悠悠然从深沉的默想里醒转来时，四围早已一个游人都没有，**昏暗中只见微风吹动低垂的柳枝，像幽灵似的摇摆着**，远远近近，一片虫声，听来非常惨戚。我虽喜欢清静，但这样冷寂得颇有鬼趣的境地，却也无意留连。忍着使人微栗的凉风，循着装有路灯的小径走出公园时，我顿时忆起那件搁在箱里的秋外套，和几年前在外国遇到的一个同样荒凉得使人害怕的夜晚。

那时我和冰之都住在巴黎。我们正像一切热恋着的青年男女一样，力求与人相远。某天，我们忽然想起要搬到巴黎附近的小城去住。于是在一个正和今天一般晴朗的秋天，我们毫没准备地由里昂车站乘着火车往墨兰（Melun）。

这小城是曾经有两位中国朋友住过都觉得满意的，离巴黎既近，生活也很便宜。但不幸得很，我们那天在许多大街小巷里瞎跑了半天，却什么也没找到，只在离塞莱河（Seine）岸不远的一家小饭店里吃了一顿可口的午餐。现在回想起

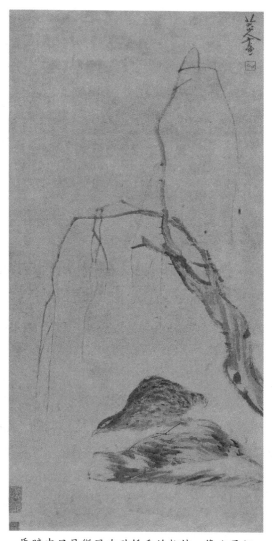

昏暗中只见微风吹动低垂的柳枝，像幽灵似的摇摆着

来，那样鲜嫩的烤鸡，我大概一生也不会再吃到的了。

饭后，玩了一些地方，我们的游兴好像还没有尽，冰之便提议索性到更远的地方去看看。我们坐着火车随便在一个小站下了车。这里简直完全是原野。车站前后左右都是收割了的麦田。只在离车站约莫半个基罗米突①的一座小丘上有个小小的村庄。我们到那村庄上走了一圈，饱嗅了一阵牛马粪溺的臭味。后来一个好奇的老太婆邀我们到她家里去歇脚，和我们问长问短，殷勤地拿出一盆自己园里出产的酸梨款客。当她知道我们在找房子时，便慨然愿意把她的住宅的一半租给我们。她指给我们看的两间房子虽也还干净，并且有着一些古色古香的家具，但我们一想到点的是油灯，吃的是井水，便把一切诗情画意都打消了。我们决定赶快回巴黎。

走回那位置在田野正中的小站时，天已快黑了，而开往巴黎的火车，却要晚上九点钟才会经过那儿。这天那小车站除掉我们两个黄脸男女外，再没有第二个候车的乘客。站上职员因为经济的缘故，不到火车快来时，是决不肯把月台上的电灯开亮的，读者诸君试去想象罢，我们这时简直等于遗失在荒野里面了。四周一点人声都没有，只有一轮明月不时露出云端向我们狡猾地笑着。麦田里各种秋蛩的清唱，和远处此起彼应的犬吠，送入耳朵里格外使人不安。尤其是冰之，她简直像孩子似的害怕起来了。我记起有位法国诗人说过，人在夜晚和暴风雨的时候常常感到自然

---

① 基罗米突：英文 kilometer 的音译，意为"公里"。——编者注

的威压。这话很有道理。为什么夜晚会使人感到威压呢？想来大概因为黑暗的缘故。人原是憎恶黑暗，追求光明的！

这天冰之穿着一套浅灰哔叽的秋服，因为离开巴黎时，天气很暖，不曾带得有大衣。现在空着肚子给田野间的寒风一吹，便冷得微微战栗起来。但幸好我的手臂上带着有那件晴雨不离身的薄呢秋外套。当时连忙给她披在身上。两人靠紧身子坐在没有遮盖的月台上的长椅里，怀着焦躁与不安的心思，等待火车到来。

当晚十一点钟转回巴黎时，冰之便喊着头痛，并且身上微微发着寒热了。陪她在饭店里吃了一盆滚烫的 Soupe①，然后把她送回寓所，叫她立刻蒙着被窝睡下。因为怕她盖的东西不够，我临到跑回自己的旅馆时，又把我的秋外套搭在她的脚上。虽然她说外面很凉，再三要我穿在自己身上，但我却强着她盖上了。

过了两天，从她那边把外套拿回时，并没觉得什么异样。因为那一晌天气很好，外套虽常常带在身边，但却不曾穿过，我料不到外套上有了什么新鲜物事。

两星期后的一个早上。我独自在卢森堡公园做那每天例行的散步时，忽然觉得身边有一种时无时有的幽雅的花香。向周围一看，虽然到处有着红红绿绿的洋菊，但那都是没有芳香的，更没有我所闻到的那种清妙的气味。这样兰花似的淡淡的香气，究竟是从什么地方飘来的呢？真是怪事。这香味是到处可以闻到的，站在

---

① Soupe：法语，汤。——编者注

上议院前面的 Bassin[①] 旁可以闻到，坐在乔治·桑（George Sand）的雕像旁也可以闻到，甚至走出了公园还可以闻到，跑进了大学图书馆也仍旧闻到。这简直把我弄得糊涂了，我疑心我的鼻子出了毛病，我以为自己疯了。我这一整天都没得到安宁。晚边下了课，跑到冰之那里去看她，把这事讲给她听了，她起初只微笑着，什么话也不说。到后来才狡猾地瞧着我身上的秋外套哧一声说道："你怎么到今天才闻到呢！"

天！我糊涂到这时才领会那香味是从自己的外套上发出来的！我记起了我的外套曾在她那里放过一晚，一定是她给我洒上了一点香水。我赶快把外套脱下来闻闻看，我终于在衣领的夹里上找到了那幽妙的香味的来源。并且出乎意外的是：我那外套的夹里上有许多脱了线的地方都已修整完好。我这时的喜悦和感激是没有言语可以形容的，我觉得自己从那时起百倍的爱着那香水的主人。

据冰之说，那小瓶香水是只花了一个马克从德国买来的。实在也并不是什么高贵的香水。但气味可真清妙到了极点。并且说来是没有人肯信的，在以后的四五年里，每个秋天我把那外套从箱里取出时，起初虽只闻到樟脑的恶臭，但等到樟脑的气味一散去，淡淡的兰花似的香水的清芬又流入了我的鼻管，它简直像是永不

---

① Bassin：法语，水池。——编者注

伍　你志在于山，我钟情于水

会有消散的一天。

现在，一切愉快的时光虽已和那香水的主人一同去得遥远，但那少女的一点柔情，却悠久地记在我的心上，每次穿上那外套，嗅着外套上的缥缈的香味，我便仿佛觉得冰之坐在我的身边。

而现在又到了须要再穿上那秋外套的时候了……

独语

/

何其芳

设想独步在荒凉的夜街上，一种枯寂的声响固执地追随着你，如昏黄的灯光下的黑色影子，你不知该对它珍爱还是不能忍耐了：那是你脚步的独语。

人在孤寂时常发出奇异的语言，或是动作。动作也是语言的一种。

决绝地离开了绿蒂的维特，独步在阳光与垂柳的堤岸上，如在梦里。诱惑的彩色又激动了他作画家的欲望，遂决心试卜他自己的命运了。他从衣袋里摸出一把小刀子，从垂柳里掷入河水中。他想：若是能看见它的落下他就将成功一个画家，否则不。那寂寞的一挥手使你感动吗？你了解吗？

我又想起了一个西晋人物，他爱驱车独游，到车辙不通之处就痛哭而返。

绝顶登高，谁不悲慨地一长啸呢？是想以他的声音填满宇宙的寥廓吗？等到追问时怕又只有沉默地低首了。我曾经走进一个古代的建筑物，**画檐巨柱都争着向我有所诉说，低小的石栏也发出声息**，像一些坚忍的深思的手指在上面呻吟，而我自己倒成了

伍　你志在于山，我钟情于水

一个化石了。

　　或是昏黄的灯光下，放在你面前的是一册杰出的书，你将听见里面各个人物的独语。温柔的独语，悲哀的独语，或者狂暴的独语。黑色的门紧闭着：一个永远期待的灵魂死在门内，一个永远找寻的灵魂死在门外。每一个灵魂是一个世界，没有窗户。而可爱的灵魂都是倔强的独语者。

　　我的思想倒不是在荒野上奔驰。有一所落寞的古老的屋子，画壁漫漶，阶石上铺着白藓，像期待着最后的脚步：当我独自时我就神往了。

画檐巨柱都争着向我有所诉说，低小的石栏也发出声息

真有这样一个所在，或者是在梦里吗？或者不过是两章宿昔嗜爱的诗篇的糅合，没有关联的奇异的糅合：幔子半掩，地板已扫，死者的床榻上常春藤影在爬；死者的魂灵回到他熟悉的屋子里，朋友们在聚餐，嬉笑，都说着"明天明天"，无人记起"昨天"。

这是颓废吗？我能很美丽地想着"死"，反不能美丽地想着"生"吗？

我何以而又太息："去者日以疏，生者日以亲？"是慨叹着我被人忘记了，还是我忘记了人呢？

"这里是你的帽子"，或者"这里是你的纱巾，我们出去走走吧"，我还能说这些惯口的句子。而我那有温和的沉默的朋友，我更记起他：他屋里有一个古怪的抽屉，精致的小信封，装着丁香花，或是不知名的扇形的叶子，像为着分我的寂寞而展示他温柔的记忆。墙上是一张小画片，翻过背面来，写着"月的渔女"。

唉。我尝自忖度：那使人类温暖的，我不是过分地缺乏了它就是充溢了它。两者都足以致病的。

印度王子出游，看见生老病死，遂发自度度人的宏愿。我也倒想有一树菩提之阴，坐在下面思索一会儿。虽然我要思索的是另外一个题目。

于是，我的目光在窗上徘徊了。天色像一张阴晦的脸压在窗前，发出令人窒息的呼吸。这就是我抑郁的缘故吗？而又，在窗格的左角，我发现一个我的独语的窃听者了：像一个鸣蝉蜕弃的躯壳，向上蹲伏着，噤默的。噤默的，和着它一对长长的触须，三对屈曲的瘦腿。我记起了它是我用自己的手描画成的一个昆虫的影子，当它迟徐地爬到我窗纸上，发出孤独的银样的鸣声，在一个过逝的有阳光的秋天里。

陆　回望时终有美好一隅

今早梦回时睁眼见满帐的霞光。鸟雀们在赞美，我也加入一份。它们的是清越的歌唱，我的是潜深一度的沉默。

——徐志摩

五月的北平

/

张恨水

　　能够代表东方建筑美的城市，在世界上，除了北平，恐怕难找第二处了。描写北平的文字，由国文到外国文，由元代到今日，那是太多了，要把这些文字抄写下来，随便也可以出百万言的专书。现在要说北平，那真是一部廿四史，无从说起。若写北平的人物，就以目前而论，由文艺到科学，由最崇高的学者到雕虫小技的绝世能手，这个城圈子里，也俯拾即是，要一一介绍，也是不可能。北平这个城，特别能吸收有学问、有技巧的人才，宁可在北平为仅只得到生活无告的程度，他们不肯离开。不要名，也不要钱，就是这样穷困着下去。这实在是件怪事。你又叫我写哪一位才让圈子里的人过瘾呢？

　　静的不好写，动的也不好写，现在是五月（旧的历法是四月），我们还是写点五月的眼前景物吧。**北平的五月，那是一年里的黄金时代。**任何树木，都发生了嫩绿的叶子，处处是绿荫满地。卖芍药花的担子，天天摆在十字街头。洋槐树开着奇白如雪的花，在绿叶上一球球地顶着。街，人家院落里，随处可见。柳絮飘着雪花，在冷静的胡同里飞。枣树也开花了，在人家的白粉墙头，

北平的五月，那是一年里的黄金时代

送出兰花的香味。北平春季多风，但到五月，风季就过去了（今年春季无风）。市民开始穿起夹衣，在不暖的阳光里走。北平的公园，既多又大。只要你有工夫，花不成其为数目的票价，亦可以在锦天铺地、雕栏玉砌的地方消磨一半天。

照着上面所谈，这范围还是太广，像看《四库全书》一样。虽然只成个提要，也觉得应接不暇。让我来缩小范围，只谈一个中人之家吧。北平的房子，大概都是四合院。这个院子，就可以雄视全国建筑。洋楼带花园，这是最令人羡慕的新式住房。可是在北平人看来，那太不算一回事了。北平所谓大宅门，哪家不是七八上下十个院子？哪个院子里不是花果扶疏？这且不谈，就是中产之家，除了大院一个，总还有一两个小院相配合。这些院子里，除了石榴树、金鱼缸，到了春深，家家由屋里度过寒冬搬出来。而院子里的树木，如丁香、西府海棠、藤萝架、葡萄架、垂柳、洋槐、刺槐、枣树、榆树、山桃、珍珠梅、榆叶梅，也都成人家普通的栽植物，这时，都次第地开过花了。尤其槐树，不分大街小巷，不分何种人家，到处都栽着有。在五月里，你如登景山之巅，对北平城做个鸟瞰，你就看到北平市房全参差在绿海里。这绿海就大部分是槐树造成的。

洋槐传到北平，似乎不出五十年。所以这类树，树木虽也有高到五六丈的，都是树干还不十分粗。刺槐却是北平的土产，树兜可以合抱，而树身高到十丈的，那也很是平常。洋槐是树叶子一绿就开花，正在五月，花是成球地开着，串子不长，远望有些像南方的白绣球。刺槐是七月开花，都是一串串有刺，像藤萝（南方叫紫藤）。不过是白色的而已。洋槐香浓，刺槐不大香，所以五月里草绿油油的季节，洋槐开花，最是凑趣。

在一个中等人家，正院子里可能就有一两株槐树，或者是一两株枣树。尤其是城北，枣树逐家都有，这是"早子"的谐音，取一个吉利。在五月里，下过一回雨，槐叶已在院子里着上一片绿荫。白色的洋槐花在绿枝上堆着雪球，太阳照着，非常的好看。枣子花是看不见的，淡绿色，和小叶的颜色同样，而且它又极小，只比芝麻大些，所以随便看不见。可是它那种兰蕙之香，在风停日午的时候，在月明如昼的时候，把满院子都浸润在幽静淡雅的境界。假使这人家有些盆景（必然有），石榴花开着火星样的红点，

　　夹竹桃开着粉红的桃花瓣，在上下皆绿的环境中，这几点红色，娇艳绝伦。北平人又爱随地种草本的花籽，这时大小花秧全都在院子里拔地而出，一寸到几寸长的不等，全表示了欣欣向荣的样子。北平的屋子，对院子的一方面，照例下层是土墙，高二三尺，中层是大玻璃窗，玻璃大得像百货店的货窗相等，上层才是花格活窗。桌子靠墙，总是在大玻璃窗下。主人翁若是读书伏案写字，一望玻璃窗外的绿色，映入眉宇，那实在是含有诗情画意的。而且这样的点缀，并不花费主人什么钱的。

　　北平这个地方，实在适宜于绿树的点缀，而绿树能亭亭如盖的，又莫过于槐树。在东西长安街，故宫的黄瓦红墙，配上那一碧千株的槐林，简直就是一幅彩画。在古老的胡同里，四五株高槐，映带着平正的土路，低矮的粉墙，行人很少，在白天就觉得其意幽深，更无论月下了。在宽平的马路上，如南、北池子，如南、北长街，两边槐树整齐划一，连续不断，有三四里之长，远远望去，简直是一条绿街。在古庙门口，红色的墙，半圆的门，几株大槐树在庙外拥立，把低矮的庙整个罩在绿荫下，那情调是肃穆典雅的。在伟大的公署门口，槐树分立在广场两边，好像排列着伟大的仪仗，又加重了几分雄壮之气。太多了，我不能把她一一介绍出来，有人说五月的北平是碧槐的城市，那却是一点没有夸张。

　　当承平之时，北平人所谓"好年头儿"；在这个日子，也正是故都人士最悠闲舒适的日子，在绿荫满街的当儿，卖芍药花的平头车子整车的花骨蕾推了过去。卖冷食的担子，在幽静的胡同

陆　回望时终有美好一隅

里叮当作响，敲着冰盏儿，这很表示这里一切的安定与闲静。渤海来的海味，如黄花鱼、对虾，放在冰块上卖，已特别有风趣。又如乳油杨梅、蜜饯樱桃、藤萝饼、玫瑰糕，吃起来还带些诗意。公园里绿叶如盖，三海中水碧如油，随处都是令人享受的地方。但是这一些，我不能、也不愿往下写。现在，这里是邻近炮火边沿，南方人来说这里是第一线了。北方人吃的面粉，三百多万元一袋；南方人吃的米，卖八万多元一斤。穷人固然是朝不保夕，中产之家虽改吃糙粮度日，也不知道这糙粮允许吃多久。街上的槐树虽然还是碧净如前，但已失去了一切悠闲的点缀，人家院子里，虽是不花钱的庭树，还依然送了绿荫来，这绿荫在人家不是幽丽，巧是凄凄惨惨的象征。谁实为之？孰令致之？我们也就无从问人，《阿房宫赋》前段写得那样富丽，后面接着是一叹："秦人不自哀！"现在的北平人，倒不是不自哀，其如他们哀亦无益何！

好一座富于东方美的大城市呀，他整个儿在战栗！好一座千年文化的结晶呀，他不断地在枯萎！呼吁于上天，上天无言；呼吁于人类，人类摇头。其奈之何！

桨声灯影里的秦淮河

/

朱自清

一九二三年八月的一晚，我和平伯同游秦淮河；平伯是初泛，我是重来了。我们雇了一只"七板子"，在夕阳已去，皎月方来的时候，便下了船。于是桨声汩——汩，我们开始领略那晃荡着蔷薇色的历史的秦淮河的滋味了。

秦淮河里的船，比北京万牲园、颐和园的船好，比西湖的船好，比扬州瘦西湖的船也好。这几处的船不是觉着笨，就是觉着简陋、局促；都不能引起乘客们的情韵，如秦淮河的船一样。秦淮河的船约略可分为两种：一是大船；一是小船，就是所谓"七板子"。大船舱口阔大，可容二三十人。里面陈设着字画和光洁的红木家具，桌上一律嵌着冰凉的大理石面。窗格雕镂颇细，使人起柔腻之感。窗格里映着红色蓝色的玻璃；玻璃上有精致的花纹，也颇悦人目。"七板子"规模虽不及大船，但那淡蓝色的栏杆，空敞的舱，也足系人情思。而最出色处却在它的舱前。舱前是甲板上的一部。上面有弧形的顶，两边用疏疏的栏杆支着。里面通常放着两张藤的躺椅。躺下，可以谈天，可以望远，可以顾盼两岸的河房。大船上也有这个，便在小船上更觉清隽罢了。舱前的顶下，一律悬着灯彩；灯的多少，明暗，彩苏的精粗，艳晦，是不一的。但好歹总还你一个灯彩。这灯彩实在是最能钩人的东西。夜幕垂垂地下来时，大小船上都点起灯火。从两重玻璃里映出那辐射着的黄黄的散光，反晕出一片朦胧的烟霭；透过这烟霭，在黯黯的水波里，又逗起缕缕的明漪。在这薄霭和微漪里，听着那悠然的间歇的桨声，谁能不被引入他的美梦去呢？只愁梦太多了，这些大小船儿如何载得起呀？我们这时模模糊糊地谈着明末的秦淮河的艳迹，如《桃花扇》及《板桥杂记》里所载的。我们真神往了。我们仿佛亲见那时华灯映水，画舫凌波的光景了。于是我们的船便成了历史的重载了。我们终于恍然秦淮河的船所以雅丽过于他处，而又有奇异的吸引力的，实在是许多历史的影像使然了。

秦淮河的水是碧阴阴的；看起来厚而不腻，或者是六朝金粉所凝么？我们初上船的时候，天色还未断黑，那漾漾的柔波是这样的恬静，委婉，使我们一面有水阔天空之想，一面又憧憬着纸醉金迷之境了。等到灯火明时，阴阴的变为沉沉了：黯淡的水光，像梦一般；那偶然闪烁着的光芒，就是梦的眼睛了。我们坐在舱前，因了那隆起的顶棚，仿佛总是昂着首向前走着似的；于是飘飘然如御风而行的我们，看着那些自在的湾泊着的船，船里走马灯般的人物，便像是下界一般，迢迢的远了，又像在雾里看花，尽朦朦胧胧的。这时我们已过了利涉桥，望见东关头了。沿路听见断续的歌声：有从沿河的妓楼飘来的，有从河上船里渡来的。我们明知那些歌声，只是些因袭的言词，从生涩的歌喉里机械地发出来的；但它们经了夏夜的微风的吹漾和水波的摇拂，袅娜着到我们耳边的时候，已经不单是她们的歌声，而混着微风和河水的密语了。于是我们不得不被牵惹着，震撼着，相与浮沉于这歌声里了。从东关头转弯，不久就到大中桥。大中桥共有三个桥拱，都很阔大，俨然是三座门儿；使我们觉得我们的船和船里的我们，在桥下过去时，真是太无颜色了。桥砖是深褐色，表明它的历史的长久；但都完好无缺，令人太息于古昔工程的坚美。桥上两旁都是木壁的房子，中间应该有街路？这些房子都破旧了，多年烟熏的迹，遮没了当年的美丽。我想象秦淮河的极盛时，在这样宏阔的桥上，特地盖了房子，必然是髹漆得富富丽丽的；晚间必然是灯火通明的。现在却只剩下一片黑沉沉！但是桥上造着房子，毕竟使我们多少可以想见往日的繁华；这也慰情聊胜无了。过了大中桥，便到了灯月交辉，笙歌彻夜的秦淮河；这才是秦淮河的真面目哩。

　　大中桥外，顿然空阔，和桥内两岸排着密密的人家的大异了。一眼望去，疏疏的林，淡淡的月，衬着蓝蔚的天，颇像荒江野渡光景；那边呢，郁葱葱的，阴森森的，又似乎藏着无边的黑暗：令人几乎不信那是繁华的秦淮河了。但是河中眩晕着的灯光，纵横着的画舫，悠扬着的笛韵，夹着那吱吱的胡琴声，终于使我们认识绿如茵陈酒的秦淮水了。此地天裸露着的多些，故觉夜来的独迟些；从清清的水影里，我们感到的只是薄薄的夜——这正是秦淮河的夜。大中桥外，本来还有一座复成桥，是船夫口中的我们的游踪尽处，或也是秦淮河繁华的尽处了。我的脚曾踏过复成桥的脊，在十三四岁的时候。但是两次游秦淮河，却都不曾见着复成桥的面；明知总在前途的，却常觉得有些虚无缥缈似的。我想，不见倒也好。这时正是盛夏。我们下船后，借着新生的晚凉和河上的微风，暑气已渐渐消散；到了此地，豁然开朗，身子顿然轻了——习习的清风荏苒在面上，手上，衣上，这便又感到了一缕新凉了。南京的日光，大概没有杭州猛烈；西湖的夏夜老是热蓬蓬的，水像沸着一般，**秦淮河的水却尽是这样冷冷地绿着**。任你人影的憧憧，歌声的扰扰，总像隔着一层薄薄的绿纱面幂似的；它尽是这样静静地、冷冷地绿着。我们出了大中桥，走不上半里路，船夫便将船划到一旁，停了桨由它宕着。他以为那里正是繁华的极点，

秦淮河的水却尽是这样冷冷地绿着

再过去就是荒凉了；所以让我们多多赏鉴一会儿。他自己却静静地蹲着。他是看惯这光景的了，大约只是一个无可无不可。这无可无不可，无论是升的沉的，总之，都比我们高了。

那时河里闹热极了；船大半泊着，小半在水上穿梭似的来往。停泊着的都在近市的那一边，我们的船自然也夹在其中。因为这边略略的挤，便觉得那边十分的疏了。在每一只船从那边过去时，我们能画出它的轻轻的影和曲曲的波，在我们的心上；这显着是空，且显着是静了。那时处处都是歌声和凄厉的胡琴声，圆润的喉咙，确乎是很少的。但那生涩的，尖脆的调子能使人有少年的，粗率不拘的感觉，也正可快我们的意。况且多少隔开些儿听着，因为想象与渴慕的做美，总觉更有滋味；而竞发的喧嚣，抑扬的不齐，远近的杂沓，和乐器的嘈嘈切切，合成另一意味的谐音，也使我们无所适从，如随着大风而走。这实在因为我们的心枯涩久了，变为脆弱；故偶然润泽一下，便疯狂似的不能自主了。但秦淮河确也腻人。即如船里的人面，无论是和我们一堆儿泊着的，无论是从我们眼前过去的，总是模模糊糊的，甚至渺渺茫茫的；任你张圆了眼睛，揩净了眦垢，也是枉然。这真够人想呢。在我们停泊的地方，灯光原是纷然的；不过这些灯光都是黄而有晕的。黄已经不能明了，再加上了晕，便更不成了。灯愈多，晕就愈甚；在繁星般的黄的交错里，秦淮河仿佛笼上了一团光雾。光芒与雾气腾腾地晕着，什么都只剩了轮廓了；所以人面的详细的曲线，便消失于我们的眼底了。但灯光究竟夺不了那边的月色；灯光是浑的，月色是清的，在浑沌的灯光里，渗入了一派清辉，却真是奇迹！

那晚月儿已瘦削了两三分。她晚妆才罢，盈盈地上了柳梢头。天是蓝得可爱，仿佛一汪水似的；月儿便更出落得精神了。岸上原有三株两株的垂杨树，淡淡的影子，在水里摇曳着。它们那柔细的枝条浴着月光，就像一只只美人的臂膊，交互地缠着，挽着；又像是月儿披着的发。而月儿偶然也从它们的交叉处偷偷窥看我们，大有小姑娘怕羞的样子。岸上另有几株不知名的老树，光光地立着；在月光里照起来。却又俨然是精神矍铄的老人。远处——快到天际线了，才有一两片白云，亮得现出异彩，像美丽的贝壳一般。白云下便是黑黑的一带轮廓；是一条随意画的不规则的曲线。这一段光景，和河中的风味大异了。但灯与月竟能并存着，交融着，使月成了缠绵的月，灯射着渺渺的灵辉；这正是天之所以厚秦淮河，也正是天之所以厚我们了。

这时却遇着了难解的纠纷。秦淮河上原有一种歌妓，是以歌为业的。从前都在茶舫上，唱些大曲之类。每日午后一时起；什么时候止，却忘记了。晚上照样也有一回。也在黄晕的灯光里。我从前过南京时，曾随着朋友去听过两次。因为茶舫里的人脸太多了，觉得不大适意，终于听不出所以然。前年听说歌妓被取缔了，不知怎的，颇设想了几次——却想不出什么。这次到南京，先到茶舫上去看看，觉得颇是寂寥，令我无端的怅怅了。不料她们却仍在秦淮河里挣扎着，不料她们竟会纠缠到我们，我于是很张皇了。

她们也乘着"七板子"，她们总是坐在舱前的。舱前点着石油汽灯，光亮炫人眼目；坐在下面的，自然是纤毫毕见了——引诱客人们的力量，也便在此了。舱里躲着乐工等人，映着汽灯的余辉蠕动着；他们是永远不被注意的。每船的歌妓大约都是二人；天色一黑，她们的船就在大中桥外往来不息地兜生意。无论行着的船，泊着的船，都要来兜揽的。这都是我后来推想出来的。那晚不知怎样，忽然轮着我们的船了。我们的船好好地停着，一只歌舫划向我们来的；渐渐和我们的船并着了。铄铄的灯光逼得我们皱起了眉头；我们的风尘色全给它托出来了，这使我踟蹰不安了。那时一个伙计跨过船来，拿着摊开的歌折，就近塞向我的手里，说："点几出吧！"他跨过来的时候，我们船上似乎有许多眼光跟着。同时相近的别的船上也似乎有许多眼睛炯炯的向我们船上看着。我真窘了！我也装出大方的样子，向歌妓们瞥了一眼，但究竟是不成的！

　　我勉强将那歌折翻了一翻，却不曾看清了几个字；便赶紧递还那伙计，一面不好意思地说："不要，我们……不要。"他便塞给平伯。平伯掉转头去，摇手说："不要！"那人还腻着不走。平伯又回过脸来，摇着头道："不要！"于是那人重到我处。我窘着再拒绝了他。他这才有所不屑似的走了。我的心立刻放下，如释了重负一般。我们就开始自白了。

　　我说我受了道德律的压迫，拒绝了她们；心里似乎很抱歉的。这所谓抱歉，一面对于她们，一面对于我自己。她们于我们虽然

陆 回望时终有美好一隅

没有很奢的希望；但总有些希望的。我们拒绝了她们，无论理由如何充足，却使她们的希望受了伤；这总有几分不做美了。这是我觉得很怅怅的。至于我自己，更有一种不足之感。我这时被四面的歌声诱惑了，降服了；但是远远的，远远的歌声总仿佛隔着重衣搔痒似的，越搔越搔不着痒处。我于是憧憬着贴耳的妙音了。在歌舫划来时，我的憧憬，变为盼望；我固执地盼望着，有如饥渴。虽然从浅薄的经验里，也能够推知，那贴耳的歌声，将剥去了一切的美妙；但一个平常的人像我的，谁愿凭了理性之力去丑化未来呢？我宁愿自己骗着了。不过我的社会感性是很敏锐的；我的思力能拆穿道德律的西洋镜，而我的感情却终于被它压服着，我于是有所顾忌了，尤其是在众目昭彰的时候。道德律的力，本来是民众赋予的；在民众的面前，自然更显出它的威严了。我这时一面盼望，一面却感到了两重的禁制：一，在通俗的意义上，接近妓者总算一种不正当的行为；二，妓是一种不健全的职业，我们对于她们，应有哀矜勿喜之心，不应赏玩的去听她们的歌。在众目睽睽之下，这两种思想在我心里最为旺盛。她们暂时压倒了我的听歌的盼望，这便成就了我的灰色的拒绝。那时的心实在异常状态中，觉得颇是昏乱。歌舫去了，暂时宁靖之后，我的思绪又如潮涌了。两个相反的意思在我心头往复：卖歌和卖淫不同，听歌和狎妓不同，又干道德甚事？——但是，但是，她们既被逼的以歌为业，她们的歌必无艺术味的；况她们的身世，我们究竟该同情的。所以拒绝倒也是正办。但这些意思终于不曾撇开我的听歌的盼望。它力量异常坚强；它总想将别的思绪踏在脚下。从这重重的争斗里，我感到了浓厚的不足之感。这不足之感使我的心盘旋不安，起坐都不安宁了。唉！我承认我是一个自私的人！平伯呢，却与我不同。他引周启明先生的诗："因为我有妻子，所以我爱一切的女人，因为我有子女，所以我爱一切的孩子。"他的意思可以见了。他因为推及的同情，爱着那些歌妓，并且尊重着她们，所以拒绝了她们。在这种情形下，他自然以为听歌是对于她们的一种侮辱。但他也是想听歌的，虽然不和我一样，所以在他的心中，当然也有一番小小的争斗；争斗的结果，是同情胜了。至于道德律，在他是没有什么的；因为他很有蔑视一切的倾向，民众的力量在他是不大觉着的。这时他的心意的活动比较简单，又比较松弱，故事后还怡然自若；我却不能了。这里平伯又比我高了。

在我们谈话中间，又来了两只歌舫。伙计照前一样地请我们点戏，我们照前一样地拒绝了。我受了三次窘，心里的不安更甚了。清艳的夜景也为之减色。船夫大约因为要赶第二趟生意，催着我们回去；我们无可无不可地答应了。我们渐渐和那些晕黄的灯光远了，只有些月色冷清清的随着我们的归舟。我们的船竟没个伴儿，秦淮河的夜正长哩！到大中桥近处，才遇着一只来船。这是一只载妓的板船，黑漆漆地没有一点光。船头上坐着一个妓女；暗里看出，白地小花的衫子，黑的下衣。她手里拉着胡琴，口里唱着青衫的调子。她唱得响亮而圆转；当她的船箭一般驶过去时，余音还袅袅的在我们耳际，使我们倾听而向往。想不到在弩末的游踪里，还能领略到这样的清歌！

　　这时船过大中桥了，森森的水影，如黑暗张着巨口，要将我们的船吞了下去。我们回顾那渺渺的黄光，不胜依恋之情；我们感到了寂寞了！这一段地方夜色甚浓，又有两头的灯火招邀着；桥外的灯火不用说了，过了桥另有东关头疏疏的灯火。我们忽然仰头看见依人的素月，不觉深悔归来之早了！走过东关头，有一两只大船湾泊着，又有几只船向我们来着。嚣嚣的一阵歌声人语，仿佛笑我们无伴的孤舟哩。东关头转弯，河上的夜色更浓了；临水的妓楼上，时时从帘缝里射出一线一线的灯光；仿佛黑暗从酣睡里眨了一眨眼。我们默然地对着，静听那汩——汩的桨声，几乎要入睡了；朦胧里却温寻着适才的繁华的余味。我那不安的心在静里愈显活跃了！这时我们都有了不足之感，而我的更其浓厚。我们却又不愿回去，于是只能由懊悔而怅惘了。船里便满载着怅惘了。直到利涉桥下，微微嘈杂的人声，才使我豁然一惊；那光景却又不同。右岸的河房里，都大开了窗户，里面亮着晃晃的电灯，电灯的光射到水上，蜿蜒曲折，闪闪不息，正如跳舞着的仙女的臂膊。我们的船已在她的臂膊里了；如睡在摇篮里一样，倦了的我们便又入梦了。那电灯下的人物，只觉像蚂蚁一般，更不去萦念。这是最后的梦；可惜是最短的梦！黑暗重复落在我们面前，我们看见傍岸的空船上一星两星的，枯燥无力又摇摇不定的灯光。我们的梦醒了，我们知道就要上岸了；我们心里充满了幻灭的情思。

天目山中笔记

/

徐志摩

> 佛于大众中　说我当作佛　闻如是法音　疑悔悉已除
> 初闻佛所说　心中大惊疑　将非魔作佛　恼乱我心耶
>
> ——莲华经·譬喻品

　　山中不定是清静。庙宇在参天的大木中间藏着，早晚间有的是风，松有松声，竹有竹韵，鸣的禽，叫的虫子，阁上的大钟，殿上的木鱼，庙身的左边右边都安着接泉水的粗毛竹管，这就是天然的笙箫，时缓时急地参和着天空地上种种的鸣籁。静是不静的；但山中的声响，不论是泥土里的蚯蚓叫或是轿夫们深夜里"唱宝"的异调，自有一种特别处：它来得纯粹，来得清亮，来得透彻，冰水似的沁入你的脾肺；正如你在泉水里洗濯过后觉得清白些。这些山籁，虽则一样是音响，也分明有洗净的功能。

　　夜间这些清籁摇着你入梦，清早上你也从这些清籁的怀抱中苏醒。

　　山居是福，山上有楼住更是修得来的。我们的楼窗开处是一片蓊葱的林海；林海外更有云海！日的光，月的光，星的光，全是你的。从这三尺方的窗户你接受自然的变幻；从这三尺方的窗户你散放你情感的变幻。自在，满足。

今早梦回时睁眼见满帐的霞光。鸟雀们在赞美，我也加入一份。它们的是清越的歌唱，我的是潜深一度的沉默。

钟楼中飞下一声宏钟，空山在音波的磅礴中震荡。这一声钟激起了我的思潮。不，潮字太夸，说思流吧。耶教人说阿门，印度教人说"欧姆"（O——m），与这钟声的嗡嗡，同是从撮口外摄到阖口内包的一个无限的波动：分明是外扩，却又是内潜；一切在它的周缘，却又在它的中心；同时是皮又是核，是轴亦复是廓。"这伟大奥妙的'Om'"使人感到动，又感到静；从静中见动，又从动中见静。从安住到飞翔，又从飞翔回复安住；从实在境界超入妙空，又从妙空化生实在——

"闻佛柔软音，深远甚微妙。"

多奇异的力量！多奥妙的启示！包容一切冲突性的现象，扩大刹那间的视域，这单纯的音响，于我是一种智灵的洗净。花开花落，天外的流星与田畔间的飞萤，上缩云天的青松，下临绝海的巉岩，男女的爱，珠宝的光，火山的熔液，一婴儿在它的摇篮中安眠。

这山上的钟声是昼夜不间歇的，平均五分钟打一次，打钟的和尚独自在钟头上住着；据说他已经不间歇的打了十一年钟，他的愿心是打到他不能动弹的那天。钟楼上供着菩萨，打钟人在大钟的一边安着他的座，他每晚是坐着安神的，一只手挽着钟槌的一头，从长期的习惯，不叫睡眠耽误他的职司。"这和尚"，我自忖，

"一定是有道理的！和尚是没道理的多；方才哪知客僧想把七窍蒙充六根，怎么算总多了一个鼻孔或是耳孔；那方丈师的谈吐里不少某督军与某省长的点缀；哪管半山亭的和尚更是贪嗔的化身，无端摔破了两个无辜的茶碗。但这打钟和尚，他一定不是庸流，不能不去看看！"他的年岁在五十开外，出家有二十几年，这钟楼，不错，是他管的，这钟是他打的（说着他就过去撞了一下），他每晚，也不错，是坐着安神的，但此外，可怜，我的俗眼竟看不出什么异样。他拂拭着神龛、神座、拜垫，换上香烛，掇一盂水，洗一把青菜，捻一把米，擦干了手接受香客的布施，又转身去撞一声钟。他脸上看不出修行的清癯，却没有失眠的倦态，倒是满满的不时有笑容的展露。念什么经？不，就念阿弥陀佛，他竟许是不认识字的。"那一带是什么山，叫什么，和尚？""这里是天目山。"他说。"我知道，我说的是那一带的。"我手点着问。"我不知道。"他回答。

　　山上另有一个和尚，他住在更上去昭明太子读书台的旧址，盖着几间屋，供着佛像，也归庙管的，叫作茅棚。但这不比得普渡山上的真茅棚，那看了怕人的，坐着或是偎着修行的和尚没一个不是鹄形鸠面，鬼似的东西。他们不开口的多，你爱布施什么就放在他跟前的篓子或是盘子里，他怎么也不睁眼，不出声，随你给的是金条或是铁条。人说得更奇了。有的半年没有吃过东西，不曾挪过窝，可还是没有死，就这冥冥地坐着。**他们大约离成佛不远了**，单看他们的脸色，就比石片泥土不差什么，一样这黑刺刺，死僵僵的。"内中有几个，"香客们说，"已经成了活佛，我们

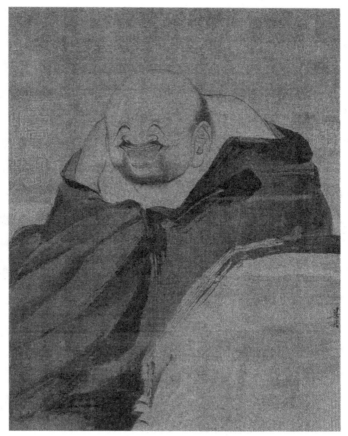

他们大约离成佛不远了

的祖母早三十年来就看见他们这样坐着的！"

　　但天目山的茅棚以及茅棚里的和尚，却没有那样的浪漫出奇。茅棚是尽够蔽风雨的屋子，修道的也是活鲜鲜的人，虽则他并不因此灭却他给我们的趣味。他是一个高身材、黑面目，行动迟缓的中年人；他出家将近十年，三年前坐过禅关，现在到山上茅棚里来修行；他在俗家时是个商人，家中有父母兄弟姊妹，也许还有自身的妻子；他不曾明说他中年出家的缘由，他只说"俗业太重了，还是出家从佛的好"，但从他沉着的语音与持重的神态中可以觉出他不仅是曾经在人事上受过折磨，并且是在思想上能分清黑白的人。他的口，他的眼，都泄漏着他内心强自抑制，魔与佛交斗的痕迹；说他是放过火杀过人的忏悔者，可信；说他是个回头的浪子，也可信。他不比那钟楼上人的不着颜色，不露曲折。他分明是色的世界里逃来的一个囚犯。三年的禅关，三年的草棚，还不曾压倒、不曾灭净，他肉身的烈火。"俗业太重了，还是出家从佛的好"；这话里岂不颤栗着一往忏悔的深心？我觉着好奇，我怎么能得知他深夜趺坐时意念的究竟？

佛于大众中　说我当作佛　闻如是法音　疑悔悉已除
初闻佛所说　心中大惊疑　将非魔所说　恼乱我心耶

但这也许看太奥了。我们承受西洋人生观洗礼的，容易把做人看太积极，入世的要求太猛烈，太不肯退让，把住这热虎虎的一个身子一个心放进生活的轧床去，不叫他留存半点汁水回去；非到山穷水尽的时候，决不肯认输，退后，收下旗帜；并且即使承认了绝望的表示，他往往直接向生存本体的取决，不来半不阑珊的收回了步子向后退：宁可自杀，干脆的生命的断绝，不来出家，那是生命的否认。不错，西洋人也有出家做和尚做尼姑的，例如亚佩腊与爱洛绮丝，但在他们是情感方面的转变，原来对人的爱移作对上帝的爱，这知感的自体与它的活动依旧不含糊地在着；在东方人，这出家是求情感的消灭，皈依佛法或道法，目的在自我一切痕迹的解脱。再说，这出家或出世的观念的老家，是印度不是中国，是跟着佛教来的；印度可以会发生这类思想，学者们自有种种哲理上乃至物理上的解释，也尽有趣味的。中国何以容留这类思想，并且在实际上出家做尼僧的今天不比以前少，（我新近一个朋友差一点做了小和尚！）这问题正值得研究，因为这分明不仅仅是个知识乃至意识的深浅问题，也许这情形尽有极有趣的解释的可能，我见闻浅，不知道我们的学者怎样想法，我愿意领教。

黄昏的观前街

/

郑振铎

　　我刚从某一个大都市归来。那一个大都市，说得漂亮些，是乡村的气息较多于城市的。它比城市多了些乡野的荒凉况味，比乡村却又少了些质朴自然的风趣，疏疏的几簇住宅，到处是绿油油的菜圃，是蓬蒿没膝的废园，是池塘半绕的空场，是已生了荒草的瓦砾堆，晚间更是凄凉，太阳刚刚西下，街上的行人便已"寥若晨星"。在街灯如豆的黄光之下，踽踽地独行着，瘦影显得更长了，足音也格外的寂寥。远处野犬，如豹的狂吠着。黑衣的警察，幽灵似的扶枪立着。在前面的重要区域里，仿佛有"站住""口号"的呼叱声，我假如是喜欢都市生活的话，我真不会喜欢到这个地方；我假如是喜欢乡间生活的话，我也不会喜欢到这个所在。我的天！还是趁早走了吧。（不仅是"浩然"，简直是"凛然有归志"了！）

　　归程经过苏州，想要下去，终于因为舍不得抛弃了车票上的未用尽一段路资，蹉跎地被火车带过去了，归后不到三天，长个子的樊与矮而美髯的孙，却又拖了我逛苏州去。早知道有这一趟走，还不中途而下，来得便利么？

　　我的太太是最厌恶苏州的，她说舒舒服服地坐在车上，走不了几步，却又要下车过桥了。我也未见得十分喜欢苏州；一来是，走了几趟都买不到什么好书，二来是，住在阊门外，太像上海，而又没有上海的繁华，但这一次，我因为要换换花样，却拖他们住到城里去，不料竟因此而得到了一次永远不曾领略到的苏州景色。

我们跑了几家书铺，天色已经渐渐地黑下来了，樊说："我们找一个地方吃饭吧。"饭馆里是那末样的拥挤，走了两三家，才得到了一张空桌，街上已上了灯，楼窗的外面，行人也是那末样的拥挤。没有一盏灯光不照到几堆子人的，影子也不落在地上，而落在人的身上。我不禁想起了某一个大城市的荒凉情景，说道："这才可算是一个都市！"

这条街是苏州城繁华的中心的观前街。玄妙观是到过苏州的人没有一个不熟悉的；那末粗俗的一个所在，未必有胜于北平的隆福寺，南京的夫子庙，扬州的教场。观前街也是一条到过苏州的人没有一个不曾经过的；那末狭小的一道街，三个人并列走着，便可以不让旁的人走，再加之以没头苍蝇似的乱攒而前的人力车，或箩或桶的一担担的水与蔬菜，**混合成了一个道地的中国式的小城市的拥挤与纷乱无秩序的情形。**

然而，这一个黄昏时候的观前街，却与白昼大殊。我们在这条街上舒适地散着步，男人，女人，小孩子，老年人，摩肩接踵而过，却不喧哗，也不推拥。我所得的苏州印象，这一次可说是最好。——从前不曾于黄昏时候在观前街散步过。半里多长的一

混合成了一个道地的中国式的小城市的拥挤与纷乱无秩序的情形

条古式的石板街道，半部车子也没有，你可以安安稳稳地在街心
踱方步。灯光耀耀煌煌的，铜的，布的，黑漆金字的市招，密簇
簇地排列在你的头上，一举手便可触到了几块。茶食店里的玻璃匣，
亮晶晶地在繁灯之下发光，照得匣内的茶食通明地映入行人眼里，
似欲伸手招致他们去买几色苏制的糖食带回去。野味店的山鸡野
兔，已烹制的，或尚带着皮毛的都是一串一挂地悬在你的眼前——
就在你的眼前，那香味直扑到你的鼻上，你在那里，走着，走着。
你如走在一所游艺园中。你如在暮春三月，迎神赛会的当儿，挤
在人群里，跟着他们跑，兴奋而感到浓趣。你如在你的少小时，
大人们在做寿，或娶亲，地上铺着花毯，天上张着锦幔，长随打
杂老妈丫头，客人的孩子们，全都穿戴着崭新的衣帽，穿梭似的
进进出出，而你在其间，随意地玩耍，随意地奔跑。你白天觉得

这条街狭小，在这时，你，才觉这条街狭小得妙。她将你紧压住了，如夜间将自己的手放在心头，做了很刺激的梦；她将你紧紧地拥抱住了，如一个爱人身体的热情的拥抱；她将所有的宝藏，所有的繁华，所有的可引动人的东西，都陈列在你的面前，即在你的眼下，相去不到三尺左右，而别用一种黄昏的灯纱笼罩了起来，使他们更显得隐约而动情，如一位对窗里面的美人，如一位躲于绿帘后的少女。她假如也像别的都市巷道那样的开朗阔大，那末，便将永远感不到这种亲切的繁华的况味，你便将永远受不到这种紧紧地箍压于你的全身，你的全心的燠暖而温馥的情趣了。你平常觉得这条街闲人太多，过于拥挤，在这时却正显得人多的好处。你看人，人也看你；你的左边是一位时装的小姐，你的右边是几位随了丈夫父亲上城的乡姑，你的前面是一二位步履维艰的道地的苏州佬，一二位尖帽薄履的苏式少年，你偶然回过头来，你的眼光却正碰在一位容光射人，衣饰过丽的少奶奶的身上。你的团团转转都是人，都是无关系的无关心的最驯良的人；你可以舒舒适适地踱着方步，一点也不用担心什么。这里没有乘机的偷盗，没有诱人入魔窟的"指导者"，也没有什么电掣风驰，左冲右撞的一切车子。每一个人都是那末安闲地散步着；川流不息地在走，肩摩踵接地在走，他们永不会猛撞你身上而过。他们是走得那末安闲，那末小心。你假如偶然过于大意地撞了人，或踏了人的足——那是极不经见的事！他们抬眼望了你，你对他们点点头，表示歉意，也就算了。大家都感到一种的亲切，一种的无损害，一种的无忧无虑的生活；大家都似躲在一个乐园中，在明月之下，绿林之间，悠闲地微步着，忘记了园外的一切。

那末鳞鳞比比的店房，那末密密接接的市招，那末耀耀煌煌的灯光，那末狭狭小小的街道，竟使你抬起头来，看不见明月，看不见星光，看不见一丝一毫的黑暗的夜天。她使你不知道黑暗，她使你忘记了这是夜间。啊，这样的一个"不夜之城"！"不夜之城"的巴黎，"不夜之城"的伦敦，你如果要看，你且去歌剧院左近走着，你且去辟加德莱圈散步，准保你不会有一刻半秒的安逸；你得时时刻刻地担心，时时刻刻地提防着，大都市的灾害，是那末多。每个人都是匆匆地走灯似的向前走，你也得匆匆地走；每个人都是紧张着矜持着，你也自然得会紧张着，矜持着。你假如走惯了黄昏时候的观前街，你在那里准得是吃大苦头，除非你已将老脾

陆　回望时终有美好一隅

气改得一干二净。你假如为店铺的窗中的陈列品所迷住了，譬如说，你要站住了仔仔细细地看一下，你准得要和后面的人猛碰一下，他必定要诧异的望了望你，虽然嘴里说的是"对不起"。你也得说"对不起"，然而你也饱受了他，以至他们的眼光的奚落。你如走到了歌剧院的阶前，你如走到了那尔逊①的像下，你将见斗大的一个个市招或广告牌，闪闪在放光；一片的灯光，映射得半个天空红红的。然而那里却是如此的开朗敞阔，建筑物又是那末的宏伟，人虽拥挤，却是那样的藐小可怜，Taxi 和 Bus 也如小甲蚁似的在一连串地走着。大半个天空是黑漆漆的，几颗星在冷冷地眯着眼看人。大都市的繁华终敌不住黑夜的侵袭。你在那里，立了一会，只要一会，你便将完全的领受到夜的凄凉了。像观前街那样的燠暖温馥之感，你是永远得不到的。你在那里是孤零的，是寂寞的，算不定会有什么飞灾横祸光临到你身上，假如你要一个不小心。像在观前街的那末舒适无虑的亲切的感觉，你也是永远不会得到的。

有观前街的燠暖温馥与亲切之感的大都市，我只见到了一个委尼司②；即在委尼司的 St. Mark 方场③的左近。那里也是充满了闲人，充满了紧压在你身上的燠暖的情趣的；街道也是那末狭小，

---

① 那尔逊：今多译为纳尔逊。——编者注
② 委尼司：即意大利城市威尼斯。——编者注
③ St.Mark：威尼斯的圣马可广场。——编者注

—189—

也许更要狭，行人也是那末拥挤，也许更要拥挤，灯光也是那末辉辉煌煌的，也许更要辉煌。有人口口声声的称呼苏州为东方的委尼司；别的地方，我看不出，别的时候，我看不出，在黄昏时候的观前街，我却深切的感到了。——虽然观前街少了那末弘丽的 Piazza of St. Mark[1]，少了那末轻妙的此奏彼息的乐队。

---

[1]　Piazza of St. Mark：威尼斯的圣马可广场。——编者注

一些印象（节选）

老舍

　　济南的秋天是诗境的。设若你的幻想中有个中古的老城，有睡着了的大城楼，有狭窄的古石路，有宽厚的石城墙，环城流着一道清溪，倒映着山影，岸上蹲着红袍绿裤的小妞儿。你的幻想中要是这么个境界，那便是个济南。设若你幻想不出——许多人是不会幻想的——请到济南来看看吧。

　　请你在秋天来。那城，那河，那古路，那山影，是终年给你预备着的。可是，加上济南的秋色，济南由古朴的画境转入静美的诗境中了。这个诗意秋光秋色是济南独有的。上帝把夏天的艺术赐给瑞士，把春天的赐给西湖，秋和冬的全赐给了济南。秋和冬是不好分开的，秋睡熟了一点便是冬，上帝不愿意把它忽然唤醒，所以作个整人情，连秋带冬全给了济南。

　　诗的境界中必须有山有水。那末，请看济南吧。那颜色不同，方向不同，高矮不同的山，在秋色中便越发的不同了。以颜色说吧，山腰中的松树是青黑的，加上秋阳的斜射，那片青黑便多出些比灰色深，比黑色浅的颜色，把旁边的黄草盖成一层灰中透黄的阴影。山脚是镶着各色条子的，一层层的，有的黄，有的灰，有的绿，有的似乎是藕荷色儿。山顶上的色儿也随着太阳的转移而不同。山顶的颜色不同还不重要，山腰中的颜色不同才真叫人想作几句诗。山腰中的颜色是永远在那儿变动，特别是在秋天，那阳光能够忽然清凉一会儿，忽然又温暖一会儿，这个变动并不激烈，可是山上的颜色觉得出这个变化，而立刻随着变换。忽然黄色更真了一些，忽然又暗了一些，忽然像有层看不见的薄雾在那儿流动，忽然像有股细风替"自然"调合着彩色，轻轻地抹上一层各色俱全而全是淡美的色道儿。有这样的山，再配上那蓝的天，晴暖的

阳光；蓝得像要由蓝变绿了，可又没完全绿了；晴暖得要发燥了，可是有点凉风，正像诗一样的温柔；**这便是济南的秋**。况且因为颜色的不同，那山的高低也更显然了。高的更高了些，低的更低了些，山的棱角曲线在晴空中更真了，更分明了，更瘦硬了。看山顶上那个塔！

再看水。以量说，以质说，以形式说，哪儿的水能比济南？有泉——到处是泉——有河，有湖，这是由形式上分。不管是泉是河是湖，全是那么清，全是那么甜，哎呀，济南是"自然"的

这便是济南的秋

活得通透　总有欢喜

Sweet heart[①] 吧?

大明湖夏日的莲花，城河的绿柳，自然是美好的了。可是看水，是要看秋水的。济南有秋山，又有秋水，这个秋才算个秋，因为秋神是在济南住家的。先不用说别的，只说水中的绿藻吧。那份儿绿色，除了上帝心中的绿色，恐怕没有别的东西能比拟的。这种鲜绿全借着水的清澄显露出来，好像美人借着镜子鉴赏自己的美。是的，这些绿藻是自己享受那水的甜美呢，不是为谁看的。它们知道它们那点绿的心事，它们终年在那儿吻着水皮，做着绿色的香梦。淘气的鸭子，用黄金的脚掌碰它们一两下。浣女的影儿，吻它们的绿叶一两下。只有这个，是它们的香甜的烦恼。羡慕死诗人呀!

在秋天，水和蓝天一样的清凉。天上微微有些白云，水上微微有些波皱。天水之间，全是清明，温暖的空气，带着一点桂花的香味。

山影儿也更真了。秋山秋水虚幻地吻着。山儿不动，水儿微响。那中古的老城，带着这片秋色秋声，是济南，是诗。

要知济南的冬日如何，且听下回分解。

上次说了济南的秋天，这回该说冬天。

对于一个在北平住惯的人，像我，冬天要是不刮大风，便是

---

①　Sweet heart：甜心。——编者注

奇迹；济南的冬天是没有风声的。对于一个刚由伦敦回来的，像我，冬天要能看得见日光，便是怪事；济南的冬天是响晴的。自然，在热带的地方，日光是永远那么毒，响亮的天气反有点叫人害怕。可是，在北中国的冬天，而能有温晴的天气，济南真得算个宝地。

设若单单是有阳光，那也算不了出奇。请闭上眼想：一个老城，有山有水，全在蓝天下很暖和安适地睡着；只等春风来把他们唤醒，这是不是个理想的境界？

小山整把济南围了个圈儿，只有北边缺着点口儿，这一圈小山在冬天特别可爱，好像是把济南放在一个小摇篮里，它们全安静不动地低声的说：你们放心吧，这儿准保暖和。真的，济南的人们在冬天是面上含笑的。他们一看那些小山，心中便觉得有了着落，有了依靠。

他们由天上看到山上，便不觉的想起：明天也许就是春天了吧？这样的温暖，今天夜里山草也许就绿起来吧？就是这点幻想不能一时实现，他们也并不着急，因为有这样慈善的冬天，干啥还希望别的呢。最妙的是下点小雪呀。看吧，山上的矮松越发的青黑，树尖上顶着一髻儿白花，像些日本看护妇。山尖全白了，给蓝天镶上一道银边。山坡上有的地方雪厚点，有的地方草色还露着，这样，一道儿白，一道儿暗黄，给山们穿上一件带水纹的花衣；看着看着，这件花衣好像被风儿吹动，叫你希望看见一点更美的山的肌肤。等到快日落的时候，微黄的阳光斜射在山腰上，那点薄雪好像忽然害了羞，微微露出点粉色。就是下小雪吧，济南是受不住大雪的，那些小山太秀气。

古老的济南，城内那么狭窄，城外又那么宽敞，山坡上卧着些小村庄，小村庄的房顶上卧着点雪，对，这是张小水墨画，或者是唐代的名手画的吧。

那水呢，不但不结冰，反倒在绿藻上冒着点热气。水藻真绿，把终年贮蓄的绿色全拿出来了。天儿越晴，水藻越绿，就凭这些绿的精神，水也不忍得冻上；况且那长枝的垂柳还要在水里照个影儿呢。看吧，由澄清的河水慢慢往上看吧，空中，半空中，天上，自上而下全是那么清亮，那么蓝汪汪的，整个的是块空灵的蓝水晶。这块水晶里，包着红屋顶，黄草山，像地毯上的小团花的小灰色树影；这就是冬天的济南。

树虽然没有叶儿，鸟儿可并不偷懒，看在日光下张着翅叫的百灵们。山东人是百灵鸟的崇拜者，济南是百灵的国。家家处处听得到它们的歌唱；自然，小黄鸟儿也不少，而且在百灵国内也很努力地唱。还有山喜鹊呢，成群地在树上啼，扯着浅蓝的尾巴飞。树上虽没有叶，有这些羽翎装饰着，也倒有点像西洋美女。坐在河岸上，看着它们在空中飞，听着溪水活活地流，要睡了，这是有催眠力的；不信你就试试；睡吧，决冻不着你。

要知后事如何，我自己也不知道。

到了齐大，暑假还未曾完。除了太阳要落的时候，校园里不见一个人影。那几条白石凳，上面有枫树给张着伞，便成了我的临时书房。手里拿着本书，并不见得念；念地上的树影，比读书还有趣。我看着：细碎的绿影，夹着些小黄圈，不定都是圆的，叶儿稀的地方，光也有时候透出七棱八角的一小块。小黑驴似的蚂蚁，单喜欢在这些光圈上慌手忙脚地来往过。那边的白石凳上，也印着细碎的绿影，还落着个小蓝蝴蝶，抿着翅儿，好像要睡。一点风儿，把绿影儿吹醉，散乱起来；小蓝蝶醒了懒懒地飞，似乎是做着梦飞呢；飞了不远，落下了，抱住黄蜀菊的蕊儿。看着，老大半天，小蝶儿又飞了，来了个楞头磕脑的马蜂。

真静。往南看，千佛山懒懒地倚着一些白云，一声不出。往北看，围子墙根有时过一两个小驴，微微有点铃声。往东西看，只看见楼墙上的爬山虎。叶儿微动，像竖起的两面绿浪。往下看，四下都是绿草。往上看，看见几个红的楼尖。全不动。绿的，红的，上上下下的，像一张画，颜色固定，可是越看越好看。只有办公处的大钟的针儿，偷偷地移动，好似唯恐怕叫光阴知道似的，那么偷偷地动，从树隙里偶尔看见一个小女孩，花衣裳特别花哨，突然把这一片静的景物全刺激了一下；花儿也更红，叶儿也更绿了似的；好像她的花衣裳要带这一群颜色跳舞起来。小女孩看不见了，又安静起来。槐树上轻轻落下个豆瓣绿的小虫，在空中悬着，其余的全不动了。

园中就是缺少一点水呀！连小麻雀也似乎很关心这个，时常用小眼睛往四下找；假如园中，就是有一道小溪吧，那要多么出色。溪里再有些各色的鱼，有些荷花！那怕是有个喷水池呢，水声，和着枫叶的轻响，在石台上睡一刻钟，要做出什么有声有色有香味的梦！花木够了，只缺一点水。

短松墙觉得有点死板，好在发着一些松香；若是上面绕着些密罗松，开着些血红的小花，也许能减少一些死板气儿。园外的几行洋槐很体面，似乎缺少一些小白石凳。可是继而一想，没有石凳也好，校园的全景，就妙在只有花木，没有多少人工做的点缀，砖砌的花池咧，绿竹篱咧，全没有；这样，没有人的时候，才真像没有人，连一点人工经营的痕迹也看不出；换句话说，这才不俗气。

啊，又快到夏天了！把去年的光景又想起来；也许是盼望快放暑假吧。快放暑假吧！把这个整个的校园，还交给蜂蝶与我吧！太自私了，谁说不是！可是我能念着树影，给诸位作首不十分好，也还说得过去的诗呢。

学校南边那块瓜地，想起来叫人口中出甜水；但是懒得动；在石凳上等着吧，等太阳落了，再去买几个瓜吧。自然，这还是去年的话；今年那块地还种瓜吗？管他种瓜还是种豆呢，反正白石凳还在那里，爬山虎也又绿起来；只等玫瑰开呀！玫瑰开，吃粽子，下雨，晴天，枫树底下，白石凳上，小蓝蝴蝶，绿槐树虫，哈，梦！再温习温习那个梦吧。

有诗为证，对，印象是要有诗为证的；不然，那印象必是多少带点土气的。我想写"春夜"，多么美的题目！想起这个题目，我自然地想作诗了。可是，不是个诗人，怎办呢；这似乎要"抓瞎"——用个毫无诗味的词儿。新诗吧？太难；脑中虽有几堆"呀，噢，唉，喽"和那俊美的"；"，和那珠泪滚滚的"！"。但是，没有别的玩艺，怎能把这些宝贝缀上去呢？此路不通！旧诗？又太死板，而且至少有十几年没动那些七庚八葱的东西了；不免出丑。

到底硬联成一首七律，一首不及六十分的七律；心中已高兴非常，有胜于无，好歹不论，正合我的基本哲学。好，再作七首，共合八首；即便没一首"通"的吧，"量"也足惊人不是？中国地大物博，一人能写八首春夜，呀！

唉！湿膝病又犯了，两膝僵肿，精神不振，终日茫然，饭且不思，何暇作诗，只有大喊拉倒，予无能为矣！只凑了三首，再也凑不出。

想另作一篇散文吧，又到了交稿子的时候；况且精神不好，其影响于诗与散文一也；散了吧，好歹地那三首送进去，爱要不要；我就是这个主意！反正无论怎说，我是有诗为证：

（一）

多少春光轻易去？无言花鸟夜如秋。

东风似梦微添醉，小月知心只照愁！

柳样诗思情入影，火般桃色艳成羞。

谁家玉笛三更后？山倚疏星人倚楼。

（二）

一片闲情诗境里，柳风淡淡柝声凉。

山腰月少青松黑，篱畔光多玉李黄。

心静渐知春似海，花深每觉影生香。

何时买得田千顷，遍种梧桐与海棠！

（三）

且莫贪眠减却狂，春宵月色不平常！

碧桃几树开蝴蝶，紫燕联肩梦海棠。

花比诗多怜夜短，柳如人瘦为情长。

年来潦倒漂萍似，惯与东风道暖凉。

　　得看这三大首！五十年之后，准保有许多人给作注解——好诗是不需注解的。我的评注者，一定说我是资本家，或是穷而倾向资本主义者，因为在第二首里，有"何时买得田千顷"之语。好，我先自己作点注吧：我的意思是买山地呀，不是买一千顷良田，全种上花木，而叫农民饿死，不是。比如千佛山两旁的秃山，要全种上海棠，那要多么美，这才是我的梦想。这不怨我说话不清，是律诗自身的别扭；一句非七个字不可，我怎能忽然来句八个九个字的呢？

　　得了，从此再不受这个罪；《一些印象》也不再续。暑假中好好休息，把腿养好，能加入将来远东运动会的五百哩竞走，得个第一，那才算英雄好汉；诌几句不准多于七个字一句的诗，算得什么！